Carole Fives

KLEINE FLUCHTEN

Roman

Aus dem Französischen
von Anne Braun

Paul Zsolnay Verlag

Die Originalausgabe erschien erstmals 2018 unter dem Titel
Tenir jusqu'à l'aube im Verlag Gallimard, Paris.

Die Herausgabe dieses Werks wurde vom
Publikationsförderprogramm des Institut français
unterstützt.

1. Auflage 2021

ISBN 978-3-552-07226-8
© Éditions Gallimard, 2018
Alle Rechte der deutschsprachigen Ausgabe
© 2021 Paul Zsolnay Verlag Ges. m.b. H., Wien
Die Zitate von Alphonse Daudet folgen der Übersetzung
von *Briefe aus meiner Mühle* von Hermann Theodor Kühne.
Satz: Nele Steinborn, Wien
Autorenfoto: Francesca Mantovani © Editions Gallimard
Umschlag: Anzinger und Rasp, München
Foto: © plainpicture / Adeline Spengler – aus der
Kollektion Rauschen
Druck und Bindung: CPI books GmbH, Leck
Printed in Germany

MIX
Papier aus verantwortungs-
vollen Quellen
FSC
www.fsc.org
FSC° C083411

KLEINE FLUCHTEN

Für meinen Sohn Odilon

Es waren eben, wie es scheint, unabhängige Ziegen, die um jeden Preis ihre eigenen Herren sein und frei leben wollten.

Alphonse Daudet

KLEINE FLUCHTEN

1 Wie unbekümmert das Kind seine Nudeln gegessen hat, sein Gemüse. Es hat sogar den ganzen Becher Erdbeerjoghurt weggeputzt und das Fläschchen mit warmer Milch. Somit müsste es jetzt satt sein.

Sie hat ihm eine Geschichte vorgelesen und ist bei ihm sitzen geblieben, bis sich die kleinen Fäuste entspannten und ihre Hand endlich losließen.

Sie hat noch ein paar Minuten gewartet, in dem halbdunklen Zimmer, in dem nur das Häschen-Nachtlicht brannte.

Vorsichtig und möglichst leise macht sie die Wohnungstür hinter sich zu.

Unten im Eingangsbereich geht automatisch das Licht an.

Noch so viele Menschen auf der Straße.

Ein kühler Wind schlägt ihr entgegen.

Gehen, einfach nur gehen. Nur einmal kurz um den Block.

Aus den offenen Fenstern einer Wohnung dringt Musik, Salsa-Rhythmen. Sie kann die Umrisse von Menschen sehen. Stimmen singen auf Spanisch einen Refrain mit, den sie nicht kennt. Als sich jemand aus dem Fenster beugt, geht sie schnell weiter.

Vor dem Schaufenster einer Immobilienagentur bleibt sie stehen. Anzeigen laufen über den beleuchteten LED-Bildschirm. Oberster Stock mit Terrasse, 1100 Euro. Sonnige Triplex-Wohnung, 850 Euro. Einfamilienhaus mit Garten, Landleben in der Stadt, 1200 Euro. Ideale Lage, Ost-West-

Ausrichtung, 850 Euro. Traumhaftes kleines Loft, Typ Canut, Hanglage in Croix-Rousse, 880 Euro.

Ein paar Schritte weiter noch eine Wohnung mit offenen Fenstern, noch eine Party. Die Musik rockiger, lauter.

Ein Kurierfahrer mit Motorroller fährt sie auf dem Trottoir fast um, sie springt zur Seite und hätte sich beinahe noch entschuldigt.

Ein Grüppchen angetrunkener Jugendlicher torkelt über die Straße, also wirklich! Eigentlich aber auch cool!

Da vibriert auch schon das Smartphone in ihrer Tasche.

Sie geht langsamer, kostet die letzten Schritte aus.

Den Zugangsausweis an die Rufanlage halten, die Treppe hinaufstürmen.

Sechster Stock rechts.

Ganz außer Atem schließt sie die Wohnungstür auf.

Drinnen rührt sich nichts.

In dem kleinen Zimmer nur das regelmäßige leise Schnarchen des Kindes.

Es ist noch erkältet, morgen wird sie ihm die Nase durchspülen, auch wenn es dann immer Theater macht.

Für heute Abend reicht es.

Aber jetzt hat sie neue Kraft geschöpft, sie kann weitermachen.

2 Sie saßen dicht an dicht, gefangen in diesem winzigen Wartezimmer.

Eine Frau zog vor aller Augen eine riesige Brust hervor, presste den Kopf des Säuglings in ihrem Tragetuch daran. Auf dem kleinen Sofa ließ eine verschleierte Mutter ihr Töchterchen vom Smartphone Kinderlieder hören. Roter, roter Teppich, trällerte es aus dem Gerät. Kein einziges Spielzeug im ganzen Raum, kein Buch, nicht einmal ein kaputtes Feuerwehrauto oder ein armseliges Plüschtier, das hier war ein Kinderarzt, der anscheinend meinte, Kinder bräuchten nicht zu spielen, ein Idiot, ganz klar, warum war sie für einen Idioten durch die halbe Stadt gefahren, hatte sie das wirklich nötig, diesen zusätzlichen Stress?

Sie hätte den paar auf Google gefundenen Bewertungen über Alain Gérard, Kinderarzt in Lyon im 5. Bezirk, Glauben schenken sollen.

Hatte Myriam M. am 12. Dezember, vor knapp drei Monaten, nicht geschrieben, dieser Facharzt habe sich geweigert, ihre Tochter zu messen und zu wiegen – unter dem Vorwand, sie sei schließlich als Notfall gekommen, wegen einer simplen Mittelohrentzündung. Er hatte ihr sogar unterstellt, wie Myriam M. empört schrieb, ihre Tochter würde nur »Theater spielen«, und schließlich habe er sie noch als »verwöhntes Prinzesschen« betitelt. Aber dieser Kinderarzt verstehe sich immerhin darauf, einem sein Kartenlesegerät hinzuhalten, das ja, und Myriam M. schloss mit den Worten:

»Sechzig Euro für gerade mal drei Minuten, so ein Halsabschneider!«

Wie die Datenschutzrichtlinien von Google das hatten durchgehen lassen, und wieso der Kinderarzt, ob Halsabschneider oder nicht, es hinnahm, dass dieser Kommentar für jeden lesbar war, der seinen Namen in die Suchmaschine eingab, war eine andere Geschichte, doch Myriams Meinung hatte ihre erste Intuition bestätigt, der sie ehrlich gesagt ohnehin nie folgte. Auf ihre Intuition hatte sie ihr ganzes Leben lang nie gehört, eher im Gegenteil, und jetzt sah man ja, wohin das führte. Dabei war es eine Freundin gewesen, die ihr diesen Doktor Gérard empfohlen hatte, ja, sie hatte ihr per SMS geschrieben, bei Alain Gérard sei ihr Sohn in den besten Händen, denn er »arbeite mit KV-Techniken«. Die Mutter des Kindes wusste nicht, was genau sich hinter diesem Kürzel verbarg: kurze oder künstliche oder vielleicht etwa kognitive Verhaltenstherapie? Jedenfalls hatte sie schnell einen Termin bei diesem Spezialisten gemacht, und erst als sie am Vorabend im Internet noch schnell die Adresse überprüfen wollte, war sie auf Myriams Kommentar gestoßen.

Zu spät, der Termin war gemacht: sechzehn Uhr, und jetzt war es halb sechs, und sie warteten seit fast zwei Stunden.

Die Frau mit der Brust war schon drangekommen, das kleine Mädchen und seine Mutter ebenfalls, im Wartezimmer saßen nur noch sie beide und ein etwa vierzigjähriger Mann, den sie bisher kaum beachtet hatte. Wartete er auf seine Frau oder auf sein Kind? Im Moment zupfte er jedenfalls nervös an seinem kurzen Bart herum. Endlich ließ sich der Spezialist wieder blicken, und sie wollte schon aufstehen, als er plötzlich einen anderen Namen sagte, einen ganz anderen als ihren, und der Mann mit dem Bart erhob sich, und seine spitzen Lederschuhe quietschten auf dem Linoleumboden des Wartezimmers, als er dem Kinderarzt folgte. Ihr Sohn schaute sie fragend an. »Und der Doktor?« Mit leiser Stimme beruhigte sie ihn: »Gleich sind wir dran.«

Sie mussten noch eine ganze Stunde warten, und die verbrachte sie hauptsächlich damit, sich zu fragen, was ein vierzigjähriger Typ wohl in der Praxis eines Kinderarztes zu suchen hatte, auch wenn der auf dieses mysteriöse KV spezialisiert war. Litt er an speziellen Symptomen, die nur ein Facharzt für Kleinkinder behandeln konnte? War er vielleicht in der oralen oder analen Phase steckengeblieben? Machte er noch ins Bett? Sie stand auf und öffnete das einzige Fenster im Raum. Sie nahm das Kind auf den Arm, und sie betrachteten zusammen das, was es vor dem Fenster zu sehen gab: einen gepflasterten Innenhof, auf den andere, genauso stumme Fenster der umliegenden Gebäude zeigten, und mitten auf dem Hof ein Baum, ein riesiger Baum, dessen Blätter das Kind zu faszinieren schienen, das Zittern der Blätter bei Einbruch der Nacht.

Irgendwann tauchte der Arzt wieder auf. Er trug ein halboffenes Leinenhemd und eine helle Stoffhose, war braungebrannt und hatte entspannte Gesichtszüge, wahrscheinlich das Resultat einer überspannten exotischen Entspannungsmethode, wie sie annahm. Doktor Gérard gab ihnen zu verstehen, ihm zu folgen. Mit seinen muskulösen Fingern klopfte er auf seine Uhr, als wolle er deutlich machen, dass sie beide, Mutter und Kind, zu spät dran waren. Als würden sie und ihr Kind nicht schon seit Stunden auf diesen Moment warten, vor dem sie sich gleichzeitig auch fürchteten.

Er führte sie in ein Zimmer, das kein Fenster und auch keine Tür hatte, außer der, durch die sie gerade eingetreten waren und die sich hinter ihren Schritten wieder aufzulösen schien.

»Sie waren noch nie bei mir! Wieso jetzt?«

Sie hätte ihn gern gefragt, wo der Mann mit den spitzen Schuhen abgeblieben war, durch was für eine verborgene Tür oder über was für eine verborgene Treppe er ihn habe verschwinden lassen, genau wie die anderen Personen, mit denen sie im Wartezimmer gesessen hatte. Das Kind fragte sich das offenbar auch, denn es tapste zu einem Schrank und versuchte, durch die Metalltür zu spähen.

»Finger weg!«, schimpfte der Kinderarzt.

»Ich ... also das heißt ... eine Freundin von mir hat mir Ihren Namen gegeben ... sie hat Sie mir empfohlen ...«

Sie buchstabierte den Namen der Freundin, R.I.C.H.E.U.X, Hélène Richeux. Dieser Namen sollte eine Art Opfergabe sein, ein Zeichen für Gemeinsamkeit, sie war nicht seine Patientin, gut, aber sie war nicht rein zufällig hier, sie hatte seinen Namen nicht aus den Gelben Seiten, sie war nicht wie diese Myriam M., die einen bedeutenden Kinderarzt wie ihn wegen einer banalen Mittelohrentzündung belästigte, sie wusste, dass er ein Fachmann für KV war ... Der Name der Freundin schien Dr. Alain Gérard nichts zu sagen, er wischte die Information mit einer Handbewegung beiseite, und weiter?

Das Kind kletterte auf ihren Schoß, als wenn es sich der Anwesenheit seiner Mutter in diesem Raum vergewissern wollte, als wenn es sich ebenfalls fragen würde, ob diese Szene hier wirklich real war.

Der Kleine leide unter Juckreiz, sagte sie, als wollte sie

sich bei Alain Gérard dafür entschuldigen, er kratze sich, also manchmal, er habe Hautflecken, an den Beinen und Knien, Pusteln, die sich dann verkrusteten, beeilte sie sich hinzuzufügen, und an den Ellbogen ebenfalls …

»Und weiter?«

Sie war so verdutzt, dass sie die hingeworfene Frage des Kinderarztes quasi wiederholte: »Was weiter?«

Alain Gérard erstarrte. »Wer hat Ihnen gesagt, ich könne Wunder bewirken? Ich bin doch kein Zauberer!«

Der Kleine lachte. Er kannte dieses Wort, ein Zauberer, ein Clown, eine Zirkusnummer, das war es also, worauf sie seit Stunden gewartet hatten, was für eine unverhoffte Wendung!

»Ich dachte mir, dieser Juckreiz hätte vielleicht einen tieferen Grund … Und dann auch der Schlaf, er wacht immer noch jede Nacht auf …«

Alain Gérard kritzelte ein paar Sätze in das Kinder-Untersuchungsheft.

»Sechzig Euro.«

Und aus seinem Zauberhut zog er nicht etwa ein Kaninchen, nein, auch keine Taube oder wenigstens einen blütenweißen Schal, sondern ein dunkles Kartenlesegerät.

Sie holte tief Luft und dachte, um sich Mut zu machen, an Myriam M., die das auch schon erlebt hatte. »Kann ich Ihnen einen Scheck ausstellen?« Alain Gérard knallte das Gerät auf seinen Schreibtisch zurück, während sie ihr Scheckheft aus der Tasche kramte. Dieses Detail, nein, es war nicht nur ein Detail, es erinnerte sie an eine Anekdote, die über einen bekannten Psychoanalytiker erzählt wurde. Der wurde sehr ungehalten, als ein Patient nicht bar bezahlen wollte. Er riss seine Schreibtischschublade auf und warf ein großes Bündel Geldscheine in die Luft, die durch den ganzen Raum flogen. Dabei schrie er etwas wie: »Ich will Bargeld, nur Bares ist Wahres!«

Aber ganz genau konnte sie sich nicht an diese Anekdote erinnern, sie konnte sich Geschichten, egal ob witzig oder nicht, überhaupt schlecht merken.

Kurz darauf standen sie wieder auf der Straße. Sie schnallte das Kind in seinen Buggy, und es schlief sehr schnell ein. Der Buggy sauste geradeaus, immer geradeaus, die steilen Straßen von Croix-Rousse hinunter. Das braungebrannte Gesicht von Alain Gérard verfolgte sie, es schien sich über sie beide lustig zu machen. Wenig später schob sich das Gesicht des Typen mit den spitzen Schuhen vor das des Kinderarztes. Der Buggy sauste den Hügel hinunter, während das Gelächter der beiden Männer durch den Lyoner Abend vibrierte.

3 Sie steht leise auf. Nur eine einzige brüske Bewegung, und das Kind würde aufwachen und erneut verlangen, dass sie bei ihm bleibt. »Zu mir, zu mir«, ruft es jedes Mal, wenn es spürt, dass sie sich entfernt. An diesem Abend hat sie ihre Hand lange auf dem kleinen warmen Schlafanzug liegen lassen und darauf gewartet, dass sich der kleine Körper entspannt und einschlummert. Sie lässt die Zimmertür einen Spalt breit offen, das Nachtlicht in der Steckdose brennt.

Als sich ihre Augen wieder an das Licht im Flur gewöhnt haben, hat sie das Gefühl, in einer anderen Wohnung zu sein.

In einer Wohnung ohne Kind, an einem Ort, nur für sie.

Aber es ist schon fast zweiundzwanzig Uhr, die Nacht wird kurz sein, gegen fünf, halb sechs wird der Kleine aufwachen und wieder »zu mir, zu mir« rufen.

Sie lässt die Rollläden herunter.

Auf der Straße die Busse, die Taxis, die Cafés …

Die Leute gehen aus, sie treffen sich, sind auf dem Weg ins Kino. Ein Pärchen überquert engumschlungen die Straße, was, wenn es der Vater des Kindes wäre?

Sie stellt den Wasserkessel auf, holt eine saubere Tasse aus dem Geschirrspüler. Sie hat eine ganze Stunde vor sich, vielleicht anderthalb. Da fällt ihr ein, dass sie ja noch Wäsche aufhängen muss. Und die Spülmaschine ausräumen. Wichtige E-Mails warten in ihrem Postfach.

Sie will France Inter hören, aber im CD-Fach steckt noch die CD mit den Kinderliedern, und die Melodie der »Schildkröten-Familie, die man nie, nie gesehen hat« schallt durch die ganze Wohnung, die Lautstärke war bis zum Anschlag aufgedreht. Sie stürzt sich auf das Gerät und schaltet es mit einer heftigen Bewegung aus. Lässt sich auf das Sofa fallen, das voller Spielsachen ist. Im Wohnzimmer sieht es aus wie in einer Kinderkrippe. Sie hat ihre Tasse mit dem heißen koffeinfreien Kaffee auf den Spielteppich gestellt. Ein Tabu, wenn das Kind anwesend ist! Sie erhebt sich und stellt die Tasse auf den Kaminsims. Da sie nun schon mal steht, räumt sie auch gleich noch das rote Bobbycar weg, mit dem sich ihr Sohn in den letzten Tagen praktisch ausschließlich fortbewegt hat. Sie schiebt es zwischen Wand und Sofa, ab in die Garage, murmelt sie vor sich hin. Das Gleiche macht sie mit dem kleinen Dreirad, dann mit dem Lauflernwagen. Stolpert über ein Feuerwehrauto – oder war es ein Legostein?

Sie hebt die bunten Klötzchen auf und legt sie in eine Stoffkiste. Sie sortiert, was auf dem Teppich liegt: auf die eine Seite die Bauernhof-Tiere, auf die andere die Spielzeugautos, die überall verstreuten Memory-Karten, die Instrumente aus dem Arztkoffer, die vermischt sind mit den Werkzeugen des perfekten kleinen Handwerkers: winzige Schraubenzieher und Hämmerchen, Küchengeräte, Besteckteile, zusammengewürfelte Teller, eine Plastiktomate kommt zum anderen Gemüse im Körbchen … auch ein paar Früchte stopft sie mit dazu, Ananas, Birne, ein blasses Ei, darauf kommt es jetzt auch nicht mehr an.

Sie streicht die Decke auf dem Sofa gerade, platziert die Kissen darauf, richtet die Tischlampe wieder auf, deren Lampenschirm eine Delle abbekommen hat, bestimmt ein Ball, ach ja, die Bälle, sie sammelt die Bälle ein, versteckt sie oben im Flurschrank, damit das Kind nicht schon beim Aufwachen daran denkt und schon um fünf Uhr morgens auf den Köpfen der Nachbarn unter ihnen herumdribbelt. Liebevoll legt oder stellt sie die übrigen Spielsachen wieder an ihren Platz, räumt alles auf, denn am nächsten Morgen soll das Wohnzimmer wieder einladend aussehen, der Couchtisch schön sauber sein, damit das Kind Lust bekommt, ein Zeichenblatt darauf zu legen und zu malen, oder damit es sein Puppengeschirr an Ort und Stelle wiederfindet, die Messer bei den Messern, die Töpfe bei den Bratpfannen. Bei Tagesanbruch wird sich der Kleine auf seine Spielsachen stürzen, und ein neuer Tag beginnt. Da glaubt sie, im Kinderzimmer ein Wimmern zu hören, und verharrt reglos auf der Krabbel- und Lerndecke. Bitte nicht aufwachen! Nicht jetzt schon!

Der koffeinfreie Kaffee ist kalt, sie stellt ihn ins Spülbecken. Streckt sich. Der untere Rücken schmerzt vom dauernden Herumtragen des Kleinen. Maman, hoch, hoch. Sie ertappt sich oft in dieser Position, die Hände auf die Hüften gestützt, das Becken nach vorn geschoben, wie früher, als sie schwanger war. Sie ertappt sich manchmal dabei, dass sie von sich in der dritten Person spricht: »Maman macht jetzt dies, Maman muss noch jenes machen.«

Im Badezimmer ist die Wanne voller Spielsachen, Entchen, Angelruten, Gießkanne, sie bückt sich, sammelt eins nach dem anderen ein, legt die Sachen zum Trocknen auf den Wannenrand und kümmert sich dann um den Badvorleger und den Fußboden, beide pitschnass. Die feuchten Handtücher und die getragenen Sachen vom Tag wirft sie, ohne genauer nachzusehen, in den Wäschekorb. Sie putzt sich rasch die Zähne, nicht mal eine Minute lang. Die Wäsche. Beinahe hätte sie vergessen, dass sie noch Wäsche aufhängen muss. Sie öffnet die Trommel der Waschmaschine, zieht die feuchten Sachen heraus und legt sie in eine Plastikwanne. Die trägt sie in ihr Schlafzimmer. Der Wäscheständer hängt schon durch von der Ladung der letzten Maschine. Aber die Wäsche scheint halbwegs trocken zu sein, sie wirft alles wild durcheinander auf ihr Bett. Dann hängt sie die nassen T-Shirts, Babysöckchen, Lätzchen und Schlafanzüge auf.

Auf der Toilette schiebt sie mit dem Fuß den kleinen Schemel zur Seite, den das Kind braucht, um auf den Toilettensitz steigen zu können. Urinflecken auf der Klobrille, der Kleine ist erst seit ein paar Wochen sauber. Sauber, das sagt sich so leicht. Sie holt den Schwamm und eine Flasche Eau de Javel, besprüht damit den Sitz, dann den Innenrand der Klobrille. Wischt mit dem Schwamm nach und spült ihn dann im Badezimmer unter fließendem Wasser aus. Dieses Hin und Her wiederholt sie drei oder vier Mal. Mit dem Schwamm wischen, Schwamm ausspülen, mit dem Schwamm wischen. Dann fängt sie an, den Fußboden um die Toilette herum zu putzen, der ist auch verspritzt. Sie drückt den Schwamm aus und räumt ihn zusammen mit dem Javel in den Badezimmerschrank. Mit einem Seufzer der Erleichterung sinkt sie nun auf die Toilette. Doch sie kann nicht pinkeln. Summt ein Liedchen, das sie normalerweise ihrem Sohn vorsingt, um ihn zum Pinkeln zu bewegen: Pipi tropf tropf tropf ... Regen tropf tropf tropf ...

Einschlafen, hier und jetzt einschlafen, im grellen Licht der Toilette und mit dem stechenden Chlorgeruch von Javel in der Nase.

In ihrem Schlafzimmer tastet sie nach dem Schalter der Nachttischlampe. Schiebt den Wäschehaufen und die auf ihrer Bettdecke herumliegenden Stofftiere zur Seite, das Kind lässt sie gern dort liegen, nachdem es auf ihrer Matratze »Trampolinhüpfen« gespielt hat, während sie hektisch von links nach rechts gelaufen ist, um einen möglichen Sturz zu verhindern, und dabei immer wieder an die Bettpfosten gestoßen ist. Sie sollte dem Bengel einen Helm kaufen, also wirklich, und ihm den aufsetzen, sobald er die Wohnung betritt. Und für sich selbst Schienbeinschützer, wie Boxer sie haben.

Jetzt sollte sie noch mal ins Kinderzimmer schauen, ein letzter Kontrollgang. Um sich zu vergewissern, dass alles in Ordnung ist, dass er die Decke nicht weggestrampelt hat, dass es im Zimmer nicht zu warm und nicht zu kalt ist …

Aber da liegt sie schon mit ihrem schlechten Gewissen im Bett, auf der Brust ein Roman, von dem sie nicht mal mehr weiß, wie er anfing. Ein Roman, hundert Mal angefangen und nie zu Ende gelesen. Ein Roman, von dem sie sogar den Titel vergessen hat.

Schon kommt ein Wimmern aus dem Nebenzimmer. Maman, Maman! Nicht reagieren, sagt sie sich. Bis hundertachtzig zählen. Er muss lernen, von allein wieder einzuschlafen. Drei lange Minuten. Er muss es begreifen, freiwillig oder mit Zwang. Die Rufe werden immer herrischer. Mit fast zwei Jahren schläft man nachts doch durch, verflixt noch mal. Das Kind schreit, wütend, weil sie nicht herbeigeeilt kommt. Die Nachbarn, es wird die Nachbarn aufwecken, das ganze Haus. Morgen wird sie vorwurfsvolle Blicke hinnehmen müssen. Das ist die ledige Mutter aus dem sechsten Stock. Sie schafft es nicht, ihr Balg zum Schlafen zu bringen. Das kann ja heiter werden. Sie läuft in das kleine Zimmer, das Kind steht in seinem Gitterbett, mit hochrotem Kopf. Maman, hoch, hoch!

Es einfach nur beruhigen, streicheln, nicht hochnehmen. Die Botschaft muss klar sein: Nachts wird geschlafen. Kein Kuscheln und kein Fläschchen mehr. Kein Hinhalten.

»Ich bin da.«

»Zu mir, zu mir!«

»Psst …«

4 Warum liegt sie hier, auf dieser Decke auf dem nackten Boden? Sie zieht ihre eingeschlafene Hand unter dem warmen Körper des Kindes weg.

Der Kleine hustet mehrmals. Ein kühler Luftzug weht in sein Zimmer. Das Flurlicht ist an geblieben, das Häschen-Nachtlicht hat nicht aufgehört zu flackern.

Sie überprüft den Heizkörper: eiskalt. Morgen muss sie die Hausverwaltung anrufen. Stärke zeigen. Die Heizung ist in den Nebenkosten enthalten. Es gibt keinen Grund, schon wieder den ganzen Winter zu frieren. Das Beste wäre wohl, einen Klempner zu rufen, aber an wen soll sie sich wenden, und wie viel würde das kosten? Sie geht ans Fenster. Der Metallrahmen ist undicht. Ein Leintuch über das Fenster hängen. Es fällt ein paar Mal herunter, aber dann schafft sie es, den Stoff einigermaßen zu befestigen.

Sie muss so schnell wie möglich aus dieser teuren und schlecht isolierten Wohnung ausziehen. Dieser Wohnung, in die sie mit dem Vater des Kindes eingezogen ist, für die sie sich die Miete geteilt hatten. Allein geht es nicht mehr. Aber wer würde an sie etwas vermieten? Sie hat kein festes Einkommen mehr und hangelt sich als Freiberuflerin von einem Auftrag zum anderen. Sie muss sich ein neues Netzwerk aufbauen, in dieser neuen Stadt. So schnell wie möglich aktiv werden. Aber zuerst einen Tagesplatz für das Kind finden. Herauskommen aus diesem Zustand, in dem Tag und Nacht verschwimmen.

Sie öffnet die Tür des Kleiderschranks im Vorzimmer. Nimmt eine vom Vater zurückgelassene XXL-Weste heraus. Das Kind schläft in seinem Zimmer, mit offenem Mund, die Fäuste locker, den Kopf nach hinten gelegt. Sie deckt seinen Bauch und seine Beinchen mit der Weste zu. Sie könnte sie ihm auch über das Gesicht legen. Das Kind würde nichts spüren, es würde langsam ersticken. Sie streicht über seine glatte Wange, die frische junge Haut. Ich liebe dich, mein Schatz, schlaf gut.

Das Kind hustet erneut, versucht, sich aufzusetzen.

Sie nimmt ein kleines Kissen und schiebt es unter sein Kopfkissen, damit sein Köpfchen etwas höher liegt. So, jetzt bekommst du besser Luft.

Der Computer ist noch im Stand-by-Modus. Unten rechts auf der Bildschirmleiste liest sie, dass es drei Uhr dreißig ist. In die Suchmaschine tippt sie ein: ALLEINERZIEHENDE MUTTER + PROBLEME.

Foren, dutzende von Foren.

Hunderte von Ratschlägen für »Single-Mamas«.

Single, das klingt weniger düster als allein.

Single, das peppt das Image der unverheirateten Mutter auf, der verlassenen, im Stich gelassenen und abservierten Frau, es rückt etwas ab vom beklagenswerten Klischee der ledigen Mutter, der Teenie-Mutter, die ihren Buggy einsam und traurig über einen kaputten Gehweg in einem desolaten Landstrich Nordfrankreichs schiebt. Single – das klingt wie aus der Werbekampagne eines Supermarkts, der mit Annoncen und Sonderangeboten auf einen neuen Artikel aufmerksam machen will.

Die Single-Mama wird als Kämpferin präsentiert, als die Superfrau der Achtzigerjahre, die sich ein neues Privileg erkämpft hat: Neben ihrer Berufstätigkeit und dem Zwang, ewig jung bleiben zu müssen, zieht sie ihre Kinder allein groß. Sie ist frei, jetzt endlich wirklich völlig frei. Was gibt es da zu jammern? Die Single-Mama ist manchmal sogar so weit gegangen, dass sie ihr Baby ganz allein gemacht hat, es war ihre Entscheidung, ihr Problem, jetzt soll sie auch die Verantwortung übernehmen und sich auf einiges gefasst machen.

In den Foren wetteifern die Frauen darum, wer am originellsten ist, sie tauschen Ideen und Ratschläge aus. Man muss doch zeigen, dass man als Frau sehr wohl aktiv im Leben stehen und gleichzeitig alleinerziehende Mutter sein kann. Dass man es hinkriegt, trotz aller Schwierigkeiten, trotz aller Mühe. Man hält durch. »Klar ist es hart, aber wenn ich meine Kleinen lächeln sehe, ist alles andere vergessen«, schreibt Babette51. »Es gibt Momente, die sind wirklich nicht leicht, aber was würden wir ohne sie machen?«, setzt Magic_mum noch eins drauf.

Im Internet formiert sich eine große Kette weiblicher Solidarität, und die Mütter Courage überbieten sich gegenseitig. Man hat sie gewollt, die kleinen Schätzchen, man hat sie herbeigesehnt, sie haben schließlich nicht darum gebeten, geboren zu werden. Jetzt heißt es Kopf hoch, Verantwortung übernehmen und seiner Rolle gerecht werden.

Sie antwortet Magic_mum: »Was wir ohne sie machen würden? Na, dasselbe wie vorher, oder? Arbeiten, halbwegs passable Rentenansprüche erwerben, sieben Stunden am

Stück schlafen, wieder ein gesellschaftliches Leben führen, Sport treiben, ins Kino gehen, lesen und natürlich träumen … Ist Träumen nicht die schönste Sache der Welt?«

Die Strafe folgt auf dem Fuße. Magic_mum rastet aus. Offensichtlich hat man es mit einem Troll zu tun, mit einer Person, die sich gehenlässt, die nur an sich selbst denkt, und vor allem mit einer unglaublich egoistischen Mutter, denn wie kann man lieber vor sich hin träumen, statt sich seinem eigen Fleisch und Blut zu widmen? Hat diese Person jeden Realitätssinn verloren? Und ist sie sich überhaupt bewusst, was für ein Glück es ist, ein gesundes Kind zu haben? So viele Frauen sind nicht in der Lage, schwanger zu werden, und schaffen es nicht mal, ein Kind zu adoptieren!

Sie öffnet ihre E-Mails. Die Spam-Mails von Vertbaudet und King Jouet löscht sie sofort. Ah, eine Mail von einem Kunden. Ob sie am Layout des Projekts vielleicht noch ein paar Änderungen vornehmen kann? Man sollte auch die grafische Gestaltung noch mal überprüfen und das Seitenlayout. Außerdem braucht er noch Alternativvorschläge für den hinteren Umschlag. Die paar Nachbearbeitungen, von denen der Kunde spricht, werden sie mehrere Stunden Arbeit kosten. Aber es kommt nicht infrage, ein höheres Honorar anzusprechen, wie sie das noch vor ein paar Jahren getan hätte. Wenn sie diesen Vertrag verliert, hat sie überhaupt nichts mehr. Und keine Zeit für Akquise. Grafiker gibt es in rauen Mengen. Diejenigen, die sich aufs Internet spezialisiert haben, kommen noch etwas besser weg als Leute wie sie, die aus dem Verlagswesen kommen.

Sie liest zum x-ten Mal die Zusammenfassung des Buches, das sie formatieren soll: Es geht um Waffen- und Drogenschmuggel und um die Mafia, die Handlung spielt in den neunziger Jahren in Albanien.

Sie streckt die Beine unter dem Küchentisch aus, der zugleich auch ihr Schreibtisch ist. Steht auf und schaltet den Wasserkessel ein.

Vorbei die Zeiten, in denen man ihr fünfzehnhundert Euro pro Titel bezahlt hat. Jetzt bekommt sie pauschal siebenhundert, und je mehr Zeit sie für ein Projekt braucht, desto weniger rentabel ist es. Wenn sie ihre Unkosten abzieht, bleiben ihr noch dreihundert, dreihundertfünfzig Euro. Ohne Anspruch auf Urlaub oder Arbeitslosengeld.

Selbstständigkeit. Dafür haben sich vor einigen Jahren viele entschieden. Für sie wäre es eigentlich nie infrage gekommen. Sie hat zu viel Berufserfahrung, ist zu teuer, und die paar Agenturen, die überhaupt noch Leute fest einstellen, ziehen weniger qualifizierte Mitarbeiter vor, denn die sind definitiv billiger.

Und doch hatte auch sie mal ihre kurze, aber große Zeit. Vor fünfzehn Jahren, nach Abschluss ihres Studiums an der Grande École für angewandte Kunst, kurz: Arts Déco genannt. Da hatte sie einen eigenen Stil, ihre unverwechselbare Handschrift. Damals arbeitete sie für große Agenturen, zeichnete für komplette Werbekampagnen verantwortlich.

Für ein paar Stunden herrscht Ruhe in der Wohnung, sie ist allein mit ihren Farben, ihren Pinseln, sie erstellt das Logo mithilfe des »Illustrator«-Zeichenprogramms, bearbeitet das Layout in InDesign.

Bis zum nächsten Tag warten, erst dann das Projekt an den Kunden schicken. Niemals mitten in der Nacht, das wirkt unprofessionell. Ein Teil von ihr ist erleichtert, dass ihre Arbeit getan ist, der andere jedoch wird nervös und versucht, nicht an die Aufträge zu denken, die ihr entgehen, an die Rückstände, die sich auf allen Ebenen ansammeln, an die Müdigkeit, gegen die sie ankämpfen muss, wenn der Kleine in einer oder zwei Stunden wieder aufwachen wird.

Und selbst wenn er schläft, glaubt sie ihn dauernd zu hören, ein Wimmern, ein Schreien, ein Appell.

5 Sie hatte sich im Rathaus an die Abteilung »Kindertagesstätten« gewandt, aber es gab keinen freien Krippenplatz. Für gerade mal knapp zehn Prozent der Nachfrage gebe es Plätze in dieser Stadt, und das bei einer exponentiell ansteigenden Geburtenrate, man könnte fast meinen, sämtliche Pariserinnen kämen zum Gebären hierher, in die Sonne, war der geistreiche Kommentar der Sachbearbeiterin gewesen. Andere Frauen seien da vorausschauender, sie hätten sich schon Monate vor der Geburt des Kindes auf die Warteliste setzen lassen, ja sogar gleich nach der Zeugung!

Sie hingegen, sie käme von wer weiß woher, und vor allem könne sie ja nicht mal ein Arbeitsverhältnis vorweisen.

Aber sie ließ nicht locker, schließlich hatte sie ihren ersten Antrag schon vor über einem Jahr gestellt. Sie sei alleinstehend, habe hier keine Familie und keine Betreuungsmöglichkeit. Wie könne sie unter diesen Umständen überhaupt wieder arbeiten?

Oh, wenn man sich zu helfen weiß, komme ein Kind gar nicht so teuer. Man müsse nur die Mahlzeiten selbst kochen und natürlich keine Fertiggerichte kaufen, die ohnehin zu fett und zu teuer seien. Und schließlich habe sie jetzt doch alle Zeit der Welt, um auf den Markt zu gehen und frische Lebensmittel zu kaufen, sie könne sich auch auf Flohmärkten umschauen oder in den Emmaus-Läden einkaufen, in denen es alle möglichen gebrauchten Sachen gab. Wenn man ein bisschen herumstöbere, finde man Sachen für einen Apfel und ein Ei, kleine Anoraks, niedliche Hosen und sogar Stiefelchen, die Sachbearbeiterin hatte letztes Wochenende ein Paar gefütterte Stiefel für ihre Jüngste ergattert, für knapp fünf Euro.

Die Mutter des Kindes hatte zu allem genickt, ja klar, natürlich, frische Produkte vom Markt seien sehr wichtig, das sehe sie ja ein, und sie habe auch grundsätzlich nichts gegen günstige Schnäppchen vom Flohmarkt oder aus einem Garagenverkauf, aber sie habe doch immerhin ein Studium und lange Berufserfahrung vorzuweisen, sie könne nicht länger in dieser Situation beruflicher Untätigkeit verharren …

»Aber Sie haben doch gerade gesagt, Sie hätten gar keine feste Stelle«, rief ihr die Sachbearbeiterin in Erinnerung.

Sie arbeite freiberuflich. Und sie müsse dringend frühere Kunden zurückgewinnen, neue akquirieren … Und diesen Rhythmus könne sie nicht länger beibehalten, sie brauche diesen Krippenplatz dringend, auch wenn es nur ein oder zwei Tage pro Woche wären, würde die Sachbearbeiterin denn bitte begreifen, dass sie kein soziales Netz habe? Das sagte sie mehrmals. Zuerst sehr klar und schließlich mit kraftloser Stimme: »Kein soziales Netz.«

Dann fasste sie sich ein Herz und fragte, ob im Rathaus nicht vielleicht eine Grafikerin gebraucht werde? Sie habe

Referenzen, die früheren Auftraggeber könnten ihre Qualifikation bestätigen.

Sie solle sich wieder beruhigen! Es gebe keinen Grund, sich aufzuregen. Viele Frauen seien schließlich in der gleichen Situation wie sie, die Sachbearbeiterin sehe den ganzen lieben langen Tag nichts als solche Fälle, ledige Mütter, alle klagend, genervt und nervig. Ihre Anfrage sei nicht ungewöhnlich, nicht vordringlich, sie solle mit ihrem Kleinen nach Hause zurückgehen und die Zeit mit ihm genießen, sie gehe ja so schnell vorbei!

Man drückte ihr eine Broschüre über Kindergeld in die Hand, versicherte ihr, sie habe Rechte, es gäbe Beihilfen, vielleicht eine Mindestsumme zur Wiedereingliederung, die könne man ja mitnehmen. Und warum dieser horrende Mietpreis? Sechzig Quadratmeter? Aus dieser Wohnung müsse sie ganz schnell ausziehen, sich etwas Passenderes suchen, eine Zweizimmerwohnung, sie könne sich ja ein Schlafsofa zulegen, zu zweit brauche man keine zwei Schlafzimmer. Sie könne auch einen Antrag auf eine Sozialwohnung stellen, sie müsse sich auf ihr neues Leben als Mutter einstellen. Man gab ihr Listen, Faltblätter mit Namen von Verbänden, Adressen von Stellen, wo sie Eltern treffen könne, die in der gleichen Situation waren wie sie.

Bei jedem neuen Behördengang musste man sich neu rechtfertigen, seine Situation genauestens schildern. Frauen hinter einem Schreibtisch oder am Telefon stellten Fragen, drangen in ihre Intimsphäre ein. Sie sagte ihnen, was sie wissen wollten, antwortete, versuchte, das Chaos in Worte zu fassen. Wenn sie dann endlich das ganze Problem eingehend beschrieben hatte, ihr ganzes Leben, erhielt sie weitere Telefonnummern, weitere Adressen, auf der anderen Seite der Stadt, wo sie hinfahren solle, mit dem Bus, mit der Straßenbahn, natürlich mit dem Kleinen, und dort würde alles wieder von vorne anfangen, mit denselben Fragen, denselben Geschichten.

Das Kind war bei diesen Szenen immer dabei, es spürte ihre Verzagtheit, ihre zunehmende Anspannung, wenn ihr bei bestimmten Sätzen fast die Tränen kamen, aufmerksam verfolgte es die rückhaltlose Offenlegung. Sie schämte sich, schämte sich für das Kind, schämte sich für sie beide, für dieses Familienalbum, in das sie notgedrungen Einblick geben musste und aus dem anscheinend alle eine Kostprobe haben wollten, ein Polaroidfoto, um sich daran zu ergötzen.

6 Im Internet gibt sie den Suchbefehl ein: BABY ALLEINLASSEN + AUS DEM HAUS GEHEN. Sie klickt eine von Titouette eröffnete Diskussion an.

TITOUETTE

Also ich bin Hochleistungssportlerin (habe 10 Jahre Wettkampferfahrung), aber seit der Geburt von Baby Nr. 2 komme ich zu gar nichts mehr. Finde nicht mal mehr Zeit zum Laufen oder fürs Fitness-Studio. Ergebnis: 10 Kilo zugenommen ☹. Bin in Elternzeit und folglich 100 % daheim mit meinen zwei Süßen. Abends, wenn mein Mann von der Arbeit heimkommt, könnte ich zwar noch laufen gehen, aber dazu kann ich mich um 20 Uhr nicht mehr aufraffen! Die Kleine macht noch sehr lange Mittagsschläfchen, und ihr Bruder geht in die Krippe. Jetzt kam mir der Gedanke, dass ich diese Zeit vielleicht für ein kleines Workout nutzen könnte, 15 oder max. 20 min. Sie ist erst 5 Monate alt, schläft wie ein Murmeltier, mindestens anderthalb bis 2 Stunden, es besteht also keine Gefahr, dass sie aufwacht. Habt ihr das schon mal gemacht? Um einkaufen zu gehen oder so?

HELLOKITTY

Du bist so was von verantwortungslos, Titouette. Wenn du mit so was anfängst, warum dann nicht gleich auch mal abends ausgehen, ins Restaurant, wenn sie sowieso schläft? Oder ein kleiner Disko- oder Kinobesuch?
Und klar: Was konnte der kleinen Maddie schon passieren, die friedlich in ihrem Ferienbungalow geschlafen hat, während ihre Eltern im Restaurant zu Abend aßen?

PROFIL UNTERDRÜCKT

Deine Tochter könnte an ihrem eigenen Erbrochenen ersticken, aufwachen, heulen, so laut schreien, dass sie Krämpfe bekommt. Oder es brennt, ein Einbrecher kommt, ein Pädophiler … Da war doch auch dieser kleine Junge, 4 oder 5 Jahre alt, in Belgien. Die Eltern haben sich nachts gestritten und die Wohnung verlassen, um sich etwas weiter entfernt anzuschreien, und als sie zurückkommen, ist der Kleine verschwunden. Ein paar Tage später fischt man ihn aus dem nahen Fluss, ertrunken …

ANASTASIA

Bin ganz deiner Meinung, HelloKitty …

Selbst wenn ich nur zur Mülltonne oder zum Briefkasten gehe, packe ich die Kleine in ihren Buggy, man kann nicht vorsichtig genug sein … Selbst wenn man in der Nähe ist, kann so viel passieren, also echt!

PITCHOUNE22

Das Schlimmste ist, dass man solche Weiber Mutter sein lässt …
Ich kannte mal eine, wenn die in die Disko ging, schloss sie ihre Kinder im Kinderzimmer ein, und fertig … Dabei war sie 'ne Krankenschwester, also eigentlich nicht total blöd, sollte man meinen.

HELLOKITTY

Auch wenn jemand Krankenschwester ist, ist sie nicht unbedingt intelligenter als andere, das sieht man ja!
Was mich am meisten schockiert hat bei Titouette, ist die Formulierung »für ein kleines Workout«, also nur zu ihrem Spaß!
Ich habe zwar noch keine Kinder, aber es bricht mir das Herz, wenn ich mir bloß vorstelle, ich würde ein Kind allein in seinem Bettchen liegen lassen, nur um Sport zu treiben. Ich verstehe diese neuen Mütter nicht! Kaum ist das Baby geboren, denken sie an nichts anderes als an ihre eigene Freiheit, sie wollen Zeit für sich und fragen sich, wann ihre Kleinen nachts endlich durchschlafen, aufhören zu weinen … Was hat man ihnen denn über das Muttersein erzählt? Nur Lügen??? Wie haben sie es sich vorgestellt?

7 Das war keine Wohnung, es war ein Versteck. Darin versteckte sie sich jetzt schon seit zwei Jahren. Zwei Jahre, in denen sich die Tage um nichts anderes drehten als um das Kind, seinen Körper, sein Wohlbefinden. Zwei Jahre, abgekapselt von der Welt. Sie gingen nur aus dem Haus, um frische Luft zu schnappen, in den riesigen Parc de la Tête d'Or, der wie ein Anhängsel ihrer Wohnung war. Oder zu Monoprix. Ganz selten auch mal ins Café du Parc mit seiner Terrasse, an der Kreuzung zweier Boulevards mit hohem Verkehrsaufkommen zu den Stoßzeiten. Café, Park, Supermarkt, darauf beschränkten sich ihre Extravaganzen. Sie bestellte für sich einen Espresso, für das Kind einen Apfelsaft oder eine Grenadine, und so ging die Zeit vorbei, indem sie Kaffee oder Saft tranken, oder indem sie auf dem Spielplatz auf einer Bank saß und darauf wartete, dass das Kind genug geklettert, genug gerutscht und genug geschaukelt hatte.

Wenn sie an der Ampel auf das grüne Ampelmännchen warteten, jetzt ist es gut, jetzt dürfen wir rübergehen, klammerte sich der Kleine an die Hosenbeine von Passanten und rief: »Papa, Papa!« Alle, die ihn an seinen Vater erinnerten, zog er an den Beinen oder Mänteln. Die Männer taten dann so, als verstünden sie nicht, und gingen weiter. Sie beugte sich zu dem Kind hinunter, das war nicht dein Papa, das war ein anderer Monsieur! Und der Kleine verstummte.

Morgens waren sie die Ersten auf dem Wochenmarkt. Zu einer Zeit, da die meisten Menschen noch schliefen, liefen sie um die Händler herum, schauten ihnen zu, wie sie ihre Stände mit den Schutzdächern aufbauten, ihre Auslagen herrichteten, sich gegenseitig hänselten, miteinander abklatschten, sich Zigaretten anzündeten, die sofort wieder ausgingen. Gegen acht Uhr schien es dann vernünftig, näher zu treten und in diese kleine Welt einzudringen, ein Kilo Karotten, bitte, ohne das Grün, danke. Und Äpfel, Eier, wie viel kostet ein Glas Ihrer Marmelade? Man öffnete für sie die Kasse, nahm sie in Betrieb, gab das erste Wechselgeld heraus, der Tag konnte beginnen.

Wie hatte sie nur jemals gedacht, der Park könne etwas anderes sein als ein Ort, an dem man ganz langsam vor sich hin stirbt?

Dort gab es diese ewigen Enten, hinter dem mit Beeten gesäumten Hauptweg, das trockene Brot, das man vergessen hatte, eilig suchte man unten in der Tasche verstreute Krümel von Keksen und Schokocroissants zusammen. Dann die Fischteiche, der Bär, der in seinem Käfig endlos seine Runden drehte, mit leerem Blick, völlig verstört. Diese Spaziergänge holten sie aus ihrer ewigen Zweisamkeit heraus, aus der Enge ihrer Wohnung. Sie liefen und liefen, es gab ja noch die Karussells, die steinernen Krokodile, die Parade der rosa Flamingos, die unerreichbaren Giraffen. Und dann das Entenangeln, bei dem man für viel Geld begehrte Spielsachen gewinnen konnte, die fast ebenso schnell wieder kaputt waren, Ritterschwerter, die sich sofort verbogen, Mickymaus-Luftballons, die schnell die Luft verloren, Pistolen, die auseinanderfielen und direkt in die Abfalleimer im Park wanderten. Manchmal gingen sie auch bis zu den Ponys, man kaufte ein Ticket, wartete, bis man an die Reihe kam, und der Spazierritt dauerte ein paar Minuten, in denen das Kind versorgt war. Sie saß derweil auf einem Baumstamm, schaute auf ihr Handy, hörte die Mailbox ab und stellte fest, dass sich die Welt auch ohne sie weiterdrehte und sie kein bisschen brauchte.

Und da kam der Kleine auch schon an ihr vorbei, sie machte ein Foto, wie er lächelnd auf seinem Pony saß, damit er sich später daran erinnern konnte, an den Donnerstag im Park mit Maman, ein Zeugnis, ein Beweis für das, was sie alles gemacht hatten.

Wenn sie dann Anzeichen von Müdigkeit bei ihm entdeckte und nach Hause gehen wollte, merkte sie, dass sie wieder einmal nicht vorausschauend genug gewesen war, er heulte vor Hunger, vor Erschöpfung oder aber weil er nicht umkehren wollte. Er lief weg, sie mit dem Buggy hinterher, wenn er jetzt nur ja nicht stolpert, nicht verschwindet, nicht in den Ententeich fällt, nicht von einem Fahrrad oder einem Roller überfahren, von einem Köter gebissen oder von einem Psychopathen entführt wird … Wenn sie ihn dann endlich zu fassen bekam, hielt sie ihn fest, er wehrte sich, sie ging in die Hocke und erklärte ihm, sie kämen doch wieder, aber jetzt müssten sie zum Essen nach Hause gehen, zu seinen Spielsachen daheim, ob er denn keine Lust auf Nudeln mit Tomatensauce, auf eine leckere Frikadelle hätte? Er schrie vor Wut nur noch lauter, stampfte mit den Füßen, heulte weiter, keines ihrer Versprechen konnte es mit dem sofortigen Vergnügen aufnehmen, durch die Bäume zu rennen, über Grasbüschel zu hüpfen, immer wieder neue Stöcke aufzuheben, neue Federn, andere Kieselsteine … Sie wurde zur Feindin und Spielverderberin, weil sie ihn am Herumtollen hinderte, und das ließ er sie unverblümt wissen, er ließ seinen ganzen Zorn an ihr aus und trat ihr gegen die Beine, er stieß sie zurück und brüllte wie am Spieß. Die Leute um sie herum taten so, als sähen sie nichts, so etwas erlebte man hier im Park öfter, die Kinder wollten nie von den Spielgeräten und den Tieren weg, sie spielten bis zum letzten Moment ihre Macht über die Eltern aus. Sie hätte früher nach Hause gehen sollen, sie hätte vorausplanen müssen, sie fühlte sich als Versagerin, unzulänglich, war wütend auf das Kind und auf sich selbst. Mit ihrer Geduld völlig am Ende, krallte sie schließlich ihre Finger um seine Ärmchen, nicht allzu fest, nein, nur gerade so, dass er spürte, dass es ihr ernst war, dass er sich endlich fügte, sich seine Niederlage eingestand. Vergebens, er schrie nur noch lauter, heulte umso heftiger, trat umso wilder um sich, und unversehens wuchs sich das Ganze zu einem richtigen Handgemenge zwischen Mutter und Sohn aus, bis es ihr endlich mit einem Kraftakt gelang, ihn in seinen Buggy zu hieven, seine Arme unter die Schulterriemen zu stecken, die zwei Metallteile der Sicherheitsgurte zusammenzuführen, bis sie endlich das erlösende Klicken hörte. Jetzt konnte sich das Kind drehen und winden, jetzt war Schluss, die Sache war entschieden. Sie umklammerte die beiden gummierten Griffe und lief los, sie rannte, bleich und mit angespannten Gesichtszügen. Bis sich das Kind, wie berauscht von der Geschwindigkeit und den schnell aufeinanderfolgenden Eindrücken der Umgebung, die sie jetzt in der Gegenrichtung durchliefen – Karussells, Giraffen, Krokodile, Bär, Enten, Hauptweg –, endlich beruhigte. Manchmal schlief der Kleine ein, und das ärgerte sie, es wäre ihr lieber gewesen, wenn er damit gewartet hätte, bis sie zu Hause waren. Wäre er erst zu Hause eingeschlafen, hätte sie ein paar Stunden Ruhe gehabt, Zeit zum Arbeiten. Jetzt aber würde sich alles verschieben, sein Mittagsschlaf ganz ausfallen, und damit stünde ihr ein langer Tag bevor, ohne Verschnaufpause, mit einem müden und ermüdenden Kind, ohne dass ein Ende absehbar war.

Von diesen Spaziergängen kamen sie beide verstört zurück, völlig kaputt, die Freude an ihrem kleinen Ausflug war verflogen, noch ein paar Straßen weiter, dann der große Eingangsbereich ihres Wohnhauses mit dem Mosaikfußboden, sich in den Aufzug stürzen und bis ins oberste Stockwerk fahren, in ihr Refugium, in ihre kleine alltägliche Hölle.

8 Endlich schläft das Kind.

Sie steht auf, so vorsichtig sie kann, bewegt sich im Zeitlupentempo, damit der Fußboden nur ja nicht knarrt und der Kleine sie nicht bei ihrem heimlichen Rückzugsmanöver ertappt.

Den Aufzug meiden, er wäre zu laut.

Der Spiegel im Eingangsbereich zeigt die Silhouette einer Flüchtenden.

Ein paar Geschäfte sind noch auf, und heraus kommen Studenten, mit Flaschen und Chips-Tüten unter dem Arm. Sie geht an den Terrassen der Bars und Restaurants vorbei. Japanisch. Indisch. Griechisch. Italienisch.

Tische mit Gelächter unter Freunden. Tische mit Liebespaaren.

Menschenansammlung vor einer Bar mit Live-Musik. Schlagzeugrhythmen jedes Mal, wenn die Tür geöffnet wird. Freier Eintritt. Donnerstagabends Live-Konzerte.

Sie drängt sich durch die Warteschlange vor dem Kino ihres Stadtviertels, überfliegt die Filmexposés in der Vitrine. Retrospektive George Cukor. *My Fair Lady* steht auch wieder auf dem Programm. Auf den Filmplakaten Audrey Hepburn mit strahlendem Lächeln und ihrem weißen plissierten Glockenhut.

Sie betritt den Vorraum. Ein paar Studierende haben sich noch nicht entschieden, in welchen Film sie gehen wollen. Sie würde ihnen zu dem Depardon-Film raten.

Es riecht nach Süßem und Popcorn.

Saal 2, Herrschaften, die Vorstellung beginnt in Kürze. Saal 3, Sie müssen sich noch ein paar Minuten gedulden.

Der Kassierer hinter seiner Glasscheibe spricht sie an: »Guten Abend, Madame, welchen Film möchten Sie sehen?«

An der Kreuzung trommelt ein Autofahrer mit den Fingern auf sein lederbezogenes Lenkrad ein. An die Fensterscheibe klopfen. Wohin fahren Sie? Können Sie mich mitnehmen? Ach nein, jetzt reicht's: Hände hoch, dies ist ein Raubüberfall, Schlüssel her! Haben Sie wenigstens vollgetankt?

In der Ferne der Wolkenkratzer Part-Dieu, den die Lyoner »Le Crayon« nennen, den Bleistift, jahrzehntelang das höchste Gebäude, bevor ein anderer, noch höherer, gebaut wurde: »La Gomme«, der Radiergummi.

In ihrer Tasche vibriert das Handy. Zehn Minuten, hatten wir gesagt. Zeit, nach Hause zu gehen.

Der Metroschacht, in dem die Menschenmassen verschwinden.

9 Sie besaß nur ein einziges Schlüsselset für ihre Wohnung. Das zweite hatte der Vater des Kleinen behalten. Was hatte das zu bedeuten? Würde er irgendwann einfach wieder auftauchen? Eines Abends mit einer Flasche Rosé unter dem Arm ankommen, als sei er in seiner eigenen Wohnung zum Essen eingeladen? Oder würde er mit einer prall gefüllten Einkaufstasche die Tür aufstoßen, sie beide, das Kind und die Mutter, mit einem flüchtigen Kuss auf die Wange begrüßen, als wäre er erst tags zuvor weggegangen, die Einkäufe in den Kühlschrank räumen, ach übrigens, ich habe Heidelbeerjoghurt gekauft und Butter, leicht gesalzen, die magst du doch.

Die ganzen Kleidungsstücke, all die Sachen, die er dagelassen hatte, waren noch da; die Leder-Flip-Flops, die er als Hausschuhe benutzt hatte, sie konnte diese Schuhe nicht anschauen, ohne ihn darin zu sehen, ähnlich wie ein Hologramm, wie er in seinem ausgemusterten Bademantel mit seinen ersten Zigaretten am Morgen in der Wohnung herumgeisterte, bitte draußen rauchen, das ist besser für den Kleinen, aber ja doch, ja, er zuckte mit den Schultern und blieb unendlich lange draußen, auf dem verzinkten Vorbau, der als Balkon diente, er rauchte und schaute ins Leere, vielleicht dachte er schon darüber nach, dass er sie demnächst sitzenlassen würde, alle beide, vielleicht schmiedete er bereits Fluchtpläne. Er hatte nur ganz wenige Sachen mitgenommen, eigentlich nur das absolute Minimum, seinen Kulturbeutel und ein paar Kleidungsstücke, als würde er nur übers Wochenende wegfahren oder eine Geschäftsreise machen – nur eben ohne Geschäfte.

Der Kleine spielte mit seinen Flip-Flops, steckte seine winzigen Händchen hinein und rutschte damit ausgiebig auf dem Parkett herum, als wolle er auf diese Weise das frühere, dauernde Kommen und Gehen seines Vaters in der Wohnung nachspielen; er hantierte mit diesen Schuhen herum, sprach mit ihnen, schien sie zu fragen, was denn aus den Füßen geworden war und aus den Beinen, die immer eine Art natürliche Verlängerung dieser Hausschuhe gewesen waren, wo der Rest des Körpers geblieben war?

Anfangs hatte es sie beruhigt zu wissen, dass der Mann jeden Moment die Tür öffnen und das Leben mit ihnen an dem Punkt wiederaufnehmen könnte, an dem er sie sitzenlassen hatte, und sie hoffte, dass er, einfach weil er die Schlüssel behalten hatte, nicht für immer auf sein Heim verzichten wollte. Sie stellte ihn sich irgendwo weit weg vor, in einer anderen Stadt, vielleicht sogar im Ausland, wie er dennoch die Schlüssel fest in der Tasche seiner Jeans umschlossen hielt.

Das war doch ein Zeichen, dass er zurückkommen würde, der Beweis, dass sein Verschwinden zeitlich begrenzt war, denn wenn er seine Schlüssel behalten hatte, dann nur deshalb, weil er sie eines Tages wieder benutzen wollte.

Einmal, als sie und das Kind beim Abendessen saßen, hatte sie gehört, wie etwas an der Wohnungstür vibrierte, ein leises Quietschen, ein Rütteln, da musste jemand sein, der offenbar versuchte, in die Wohnung zu gelangen. Sie waren gerade beim Nachtisch und saßen beide wie erstarrt da. Sie war zur Tür gegangen und hatte durch den Türspion geschaut, ja, da stand jemand, das sah sie, etwas Kompaktes, aber die

Gestalt war zu nah, als dass sie hätte erkennen können, wer es war. Sie riss die Tür auf – und stand der Concierge gegenüber. Diese entschuldigte sich auf Portugiesisch, sie hatte einen Lappen in der Hand und zeigte auf das Schloss und die Metallumrandung des Türgriffs. Das Kind stand schon zwischen den Beinen der Mutter und suchte anscheinend ebenfalls eine Antwort auf die Frage, was die Concierge zu dieser späten Stunde hier zu suchen hatte. Deren Anwesenheit war irgendwie beruhigend und zugleich irritierend, denn sie hatten natürlich jemand anderen erwartet, aber erwarteten sie ihn wirklich noch?

Und dann war die Wut gekommen. Warum gab der Vater des Kindes die Schlüssel nicht zurück, die Schlüssel zu einer Wohnung, für die er schon seit Monaten keine Miete mehr zahlte? Glaubte er etwa, das hier wäre noch sein Zuhause? Dachte er, er könne hier ein und vor allem aus gehen, wie es ihm passte? Dass sich während seiner Abwesenheit nichts geändert hatte, dass sie kein eigenes Leben hätten?

Die Wut hatte irgendwann der Angst Platz gemacht. Es war nun schon Monate her, sogar ein Jahr, anderthalb Jahre, war er womöglich verrückt geworden, verwahrlost oder drogenabhängig, in schlechte Gesellschaft geraten? War er ein anderer geworden, jemand, vor dem man sich fürchten musste, ein ganz anderer Mensch, ein Fremder, was hatten diese Monate aus ihm gemacht? Wäre ihm überhaupt noch zu trauen? Oder hatte man ihm womöglich seine Brieftasche gestohlen und warum nicht auch gleich noch seine Schlüssel, die hoffentlich nicht in die Hände eines Unbekannten gefallen waren, eines Menschen, der böse Absichten hatte und nur auf den richtigen Moment wartete, um in ihre Wohnung einzubrechen?

Diese Sache mit den Schlüsseln musste geregelt werden, denn letztendlich gehörten Wohnungsschlüssel denjenigen, die sie benutzten, so wie Kinder denen gehörten, die sich um sie kümmerten, und nach so langer Zeit konnte sie schließlich auch mal eine Entscheidung treffen. Beispielsweise bestimmen, dass ihre Wohnung kein für alle offenes, besetztes Haus war, kein öffentlicher Raum, kein Hotel, wo man kommen und gehen konnte, wie es einem gerade passte, ohne Rücksicht auf diejenigen, die darin wohnten.

Diese Macht besaß sie noch: zu entscheiden, dass er mit seinem Schlüssel hier nicht mehr reinkam.

Diese einzige, kleine, schäbige Macht blieb ihr noch: das Schloss austauschen zu lassen.

Sie hatte einen Schlosser kommen lassen und ihn um einen Kostenvoranschlag gebeten. Er sprach von einer Panzertür und einer Schließanlage mit einbruchshemmendem Sicherheitsschloss, der Austausch hätte so viel gekostet wie eine ganze Monatsmiete; sie musste also auch in Zukunft so wohnen wie bisher. Oder wegziehen.

---

10 Der Untergrund des Spielplatzes ist braun, weich und gummiert wie die Rennbahn in einem Olympiastadion. Nur sind hier Kinder die Athleten, und die Eltern machen einen auf Trainer. Klettere hoch, hochklettern! Spring! Klettere drüber! Runterrutschen! Bravo. Meine Süße. Mein Schatz. Mein Liebling.

Auf dem Spielplatz können Mütter sich in die Haare geraten, nur weil ein Kind sich auf einer Rutsche oder am Kettenkarussell vorgedrängt oder ein anderes Kind geschubst hat. Der Spielplatz ist ein Pausenhof-Crashkurs. Manche Eltern kennen sich schon und stehen zusammen. Ihre Kinder gehen in denselben Kindergarten, sind auf derselben Schule, sie sitzen in Gruppen auf den Bänken. Und plaudern. Dieses Jahr ist die Lehrerin wirklich nett. Ach ja, finden Sie? Netter als letztes Jahr, meine Kleine liebt sie heiß und innig. Offenbar ist ein Ausflug geplant, ich glaube, ich biete mich als Begleitperson an. Es sind immer dieselben Eltern, die sich engagieren. Das Essen in der Schulmensa sollte endlich auf bio umgestellt werden.

Der Kleine hat sich mit anderen in das Züglein gesetzt. Aus farbigen Holzpanelen gebaut und im Inneren mit einem Tisch und zwei winzigen Bänken ausgestattet, ein Erwachsener würde kaum hineinpassen. Das Lachen ihres Sohns vermischt sich mit dem der anderen Kinder. Er ist unglaublich gern unter Menschen, er ist kontaktfreudig, fröhlich, sie fragt sich, von wem er das hat.

Ihr Smartphone vibriert. Hektisch kramt sie in ihrer Tasche. Es ist Thierry, der Art Director einer Agentur, die ihr noch ab und zu einen Auftrag vermittelt. Sie nimmt das Gespräch entgegen. »Brauchst du jetzt Arbeit, ja oder nein? Der Kunde hat immer noch nichts von dir erhalten! Die müssen jetzt die Veröffentlichung verschieben!«

Und er macht weiter: »Weißt du, wie es bei der Konkurrenz läuft? Du wirst doch korrekt bezahlt, oder? Und du bist nicht die Einzige mit einem Kleinkind! Die Welt dreht sich schließlich weiter! Bis heute Abend will ich den Umschlag von Jerôme Chatelain, und das Handbuch über die Kunst der Sushi-Zubereitung bis Montag. Sonst setze ich jemand anderen daran. Und zu dem Januar-Meeting musst du unbedingt erscheinen, besorge dir einen Babysitter, mach es wie alle anderen, organisiere dich!«

Sie sollte sofort nach Hause zurückgehen. Den Kleinen bis zum Abendessen vor einen Zeichentrickfilm setzen. Aber der Kühlschrank ist leer, sie muss noch schnell in den Supermarkt. Kartoffeln und Käse kaufen, und auch Milch. Joghurt. Unbedingt die Regale mit Süßigkeiten meiden. Und das Kind an der Kasse ablenken. Damit es nicht wie letztes Mal einen Tobsuchtsanfall kriegt. Damit es sich nicht im Vorbeigehen etwas Süßes schnappt und wie am Spieß brüllt, wenn sie ihm das wegnehmen will. Dass es sich nicht brüllend auf den Boden wirft. Dass sie nicht schweißnass aus dem Geschäft fliehen muss, schamrot und ganz durcheinander, unter den Buhrufen der anderen Kunden, die sie sich natürlich nur einbildet. Noch so ein kleiner Tyrann und noch so eine ledige Mutter, die ihr Leben nicht auf die Reihe kriegt, eine arme, dumme Frau.

Der Kleine steht oben auf der Rutsche, er sucht sie mit dem Blick.

Sie braucht nicht groß zu rechnen. Ein Babysitter kostet zehn Euro die Stunde. Ihre Fahrt nach Paris zu der Agentur kostet mindestens hundert Euro. Das bisschen Geld, das sie dadurch einnimmt, geht komplett für die Miete drauf, für Einkäufe und Rechnungen.

Ein dumpfes Plumpsgeräusch auf dem elastischen Untergrund, Schreie.

»Zu wem gehört der? Zu wem gehört der Kleine, wo sind die Eltern?«

Der Chor der Mütter rennt zur Rutsche.

Sie lässt ihre Sachen liegen, eilt hinzu.

Der Kleine liegt benommen auf dem Boden. Erst als er sie herbeieilen sieht, fängt er an zu schreien. Tut es dir weh? Zeig her! Wo tut es dir denn weh?

Stimmen werden laut.

»Er ist von der Leiter gefallen, der Kleine ...«

»Von ganz schön weit oben ...«

»Hoffentlich hat er nichts am Kopf, eine Gehirnerschütterung, das geht ganz schnell.«

»Tja, das passiert eben, wenn man sie nicht ständig im Auge behält.«

»Klar, alle hängen lieber an ihrem Handy, heutzutage ...«

Die auf der Parkbank liegengebliebenen Sachen holen und mit Würde den Spielplatz überqueren.

Das Kind auf der linken Schulter, den Buggy am ausgestreckten rechten Arm. Das Gefährt wie einen Rammbock vor sich herschieben. Und das Ausgangstor aufstoßen.

11 Nach rechts, nach links, sie nimmt Wege, die sie nicht kennt.

Schlängelt sich zwischen Autos hindurch, meidet Fußgängerübergänge, allzu hell ausgeleuchtete Bereiche.

Rempelt ein Paar an. Die Frau lacht laut auf.

Sie zieht den Kopf ein und läuft schnell weiter. Verläuft sich. Stößt an die Stadtmauern, an Unebenheiten.

Der Arbeitstisch des Austernhändlers vor einer Brasserie.

Körbe mit Austern, mit Schalentieren. Hechtklöße *nature*. Heiße Würstchen. Carpaccio. Gourmet-Salate.

Der Kleine hat heute Abend seinen Teller mit Reis wegge-schoben, trotz Ketchups war nichts zu machen. Ein Löffel-chen für Maman, eines für Papa ... Spinnst du, hat der Kleine geheult. Das ist seit ein paar Tagen sein Lieblingsspruch.

Irish Bar. Guiness Extra Stout. Old Irish. Whiskies. Wine & Spirits.

Im Pub Männerstimmen, Gelächter von Frauen.

Im Schaufenster eines Friseursalons ein glattes Gesicht, dermaßen glatt. Babyface. Helle Augen und glänzende Lip-pen. Raffiniert unordentlich gestylt. In der Spiegelung des Schaufensters legt sich ihr Gesicht über das des Models. Ihre von der Kälte gerötete Haut. Ihre strähnigen Haare. Seit Jah-ren haben sie keinen Friseur mehr gesehen. Wenn sie wieder mal zu einem Friseur geht, wird der sie verächtlich anschauen. Noch eine, die nicht auf sich achtet. Noch eine, die sich gehen-lässt. Der Friseur wird versuchen, es wieder hinzukriegen. Ih-rer Mähne einen ordentlichen Schnitt verpassen. Sie wird sich überschwänglich bedanken. Sie wird ihm danken, selbst wenn das Ergebnis sie nicht vom Hocker reißt. Seit zwei Jahren hat sie niemand mehr angefasst. Außer dem Kind natürlich.

Ein paar Schritte weiter bereiten sich Clochards auf die Nacht vor. Einer von ihnen kommt auf sie zu. »Mademoiselle, Mademoiselle, eh, Mademoiselle, ich habe mit Ihnen gespro-chen!« Sie dreht ihm den Kopf zu. Der Mann verzieht das Ge-sicht. »Siehst gut aus.« Sie zuckt die Schultern. Der Typ wie-derholt: »Siehst gut aus, echt, supergut.«

Der Typ lässt sie weitergehen. Zum Glück ist er nicht hartnäckig.

In ihrer Tasche vibriert das Handy, schon fast eine Stunde vergangen, Zeit zurückzugehen.

Eine Straße, dann noch eine, ein Boulevard.

Eine Ratte flitzt unter ein Auto, war es wirklich eine Ratte?

Die Busse fahren in die Nacht.

Der Spielplatz sieht so winzig aus zu dieser Stunde, so harmlos. Die Geräte erinnern an ein gemaltes Stillleben. Ein paar Jugendliche, um die fünfzehn, sechzehn, haben die Bänke belegt und hocken auf den Rückenlehnen, die schmutzigen Sohlen ihrer Turnschuhe dort, wo vor ein paar Stunden die Hausfrauen und Mütter vorsichtig ihre hellen Hosen platziert hatten. Auf dem Boden haben Bierdosen die Schulranzen und Pausenbrote ersetzt.

Und das Kind?

Es schläft, es schläft.

Was denn sonst?

12 »Ich bin ratlos, völlig ratlos. Ich habe getan, was ich konnte, aber meine Direktion lehnt es ab, neuerlich ein Auge zuzudrücken.« Die junge Frau hinter ihrem Computer seufzte. Die Mutter des Kindes hatte mehrere Schecks ausgestellt, die nicht eingelöst werden konnten, und unter diesen Umständen könne man ihr keinen neuen Kredit geben. Ob ihr bewusst sei, dass sie knapp vor der Privatinsolvenz stand?

»Ich möchte nicht indiskret sein«, fuhr die Angestellte fort, »aber haben Sie Schritte gegen Ihren Ex-Partner eingeleitet? Ich sage es deshalb ...«, sie seufzte, »... weil der Kindsvater Sie unterstützen müsste, also wirklich, in Ihrer Situation können Sie Unterhaltszahlungen von ihm verlangen. Waren Sie schon mal bei einem Rechtsanwalt? Ich kenne da eine Anwältin, sehr effizient, sie hat mir bei meiner Scheidung geholfen, rufen Sie sie an und sagen Sie ihr, dass ich sie empfohlen habe!« Und während die Beraterin die Telefonnummer von einer Visitenkarte abschrieb, fragte sich die Mutter des Kindes, wie lange sie noch Geld abheben konnte und was sie machen sollte, wenn ihr Konto definitiv gesperrt wäre.

Die junge Frau begleitete sie noch bis zum Ausgang, jeder mache mal schwierige Zeiten durch, sie beispielsweise habe ihren Mann wegen seines Alkoholproblems verlassen, es gehe ihr jetzt besser, und sie könne sie nur ermutigen, schnellstens diese Anwältin aufzusuchen. »Man muss es nur wollen«, sagte sie zu ihr, »nur wollen.« Was, das erfuhr die Mutter des Kindes nie. Aber der Geldautomat war immerhin bereit, sechzig Euro für sie auszuspucken, die sie in ihrer Aufregung fast vergessen hätte mitzunehmen.

13 Im Internet gibt sie ein: ALLEINERZIEHEND + GELD. Und öffnet den ersten Link.

Wie kann man sparen, wenn man allein für die ganze Sippe bezahlen soll? Eine echte Herausforderung für Singles, da es derzeit keinerlei Unterstützung gibt. Von der »Vermeidung unnötiger Ausgaben« über »Trick 17« hier ein paar gute Strategien, mit denen Sie rote Zahlen am Monatsende verhindern können!

– Ihr Bankberater ist Ihr bester Verbündeter: Anlagen, Kredite, Girokonten, machen Sie einen Termin mit ihm und schildern Sie ihm Ihre Situation!

– Um Ihre Ausgaben zu verringern, versuchen Sie, neue Tarife für bestehende Verträge auszuhandeln: Wasser, Strom, Gas, Telefon und Internet: Überprüfen Sie, was Sie alles reduzieren können!

– Listen Sie auf, was Sie gegebenenfalls an Beihilfen beanspruchen können: Familienbeihilfe, Sozialwohnung, Unterhaltszahlungen … Bei vielen Einrichtungen wie den »Restos du Cœur« kann man sogar kostenlos essen!

– Jede noch so kleine Ersparnis zählt: Ersetzen Sie Ihre Glühbirnen durch Niedrigenergie- oder LED-Lampen, lassen Sie Fenster mit Doppelverglasung einbauen, und duschen Sie statt zu baden, das tut Ihrem Portemonnaie und auch unserem Planeten gut!

– Kaufen Sie clever ein. Gehen Sie lieber in Supermärkte mit Dauer-Niedrigpreisen, die ganzjährig Sonderangebote bieten. Werfen Sie Coupons mit Gutscheinen nicht weg, denn sie ergeben am Monatsende eine echte Ersparnis. In vielen Geschäften gibt es Kundenkarten, die immer vorteilhaft sind! Sie erhalten Preisnachlässe, schöne Geschenke, und manchmal sogar Lieferungen frei Haus: Warum sollte man das nicht mitnehmen?

– Streichen Sie in Ihrem Kalender die ersten Tage von Winter- und Sommerschlussverkauf rot an. So kann man seine eigene Garderobe wie auch die des Kindes gut und günstig erneuern.

– Was Babysitter betrifft: Organisation ist alles! Weisen Sie Hilfsangebote von Freundinnen oder Nachbarinnen nie zurück. Umgeben Sie sich mit Gleichgesinnten, setzen Sie auf die Solidarität unter Alleinerziehenden; mal bringen Sie die Kinder zur Gymnastik, die Woche drauf ist die Mama des kleinen Freundes an der Reihe.

– Und machen Sie sich vor allem von der Vorstellung frei, Sie müssten eine perfekte Mutter sein; wen juckt's, wenn die Geschirrtücher verknittert sind oder Ihr Nagellack abblättert?

– Und ganz wichtig: Verlieren Sie nie Ihren Humor!

Sie betrachtete ihre angekauten Fingernägel. Klappte wütend ihren Laptop zu, Humor schien sie offenbar nicht zu haben.

Da war diese Nachbarin, die in der Wohnung nebenan wohnte, der sie öfter im Aufzug begegnete und die einen fast gleichaltrigen Sohn hatte. Schon mehrmals hatte sie versucht, mit ihr ins Gespräch zu kommen. Schlief ihr Kleiner nachts durch, war er schon sauber, kam er nächstes Jahr in den Kindergarten? Während sich die beiden Kinder in ihren Buggys stumm und reglos beäugten, antwortete die Nachbarin lakonisch, nein, ja, nein, ja. Einmal hatte die Nachbarin gefragt, wo denn der ach so nette Monsieur geblieben sei, der mit ihr zusammengewohnt hatte. Der Vater des Kindes? Sie hatte die Schultern gezuckt und geantwortet, er wohne nicht mehr hier.

Doch dieses eine Mal war sie ins kalte Wasser gesprungen und hatte alles auf eine Karte gesetzt. Sie hatte die Nachbarin auf einen Kaffee zu sich eingeladen, die Kinder könnten doch zusammen spielen, man lebe schließlich auf demselben Stockwerk … Sie hatte ihre Aussage mit einer einladenden Geste unterstrichen, ihre Tür weit für die Nachbarin geöffnet, doch diese hatte brüsk abgelehnt. »Das geht nicht! Wir verkehren nicht mit den Nachbarn.«

Ganz offensichtlich war sie ihr zu nahe getreten, diese Art von Einladung war hier im Haus nicht üblich, das war man nicht gewohnt, sie hatte gegen die Gepflogenheiten des Hauses und elementare Anstandsregeln verstoßen. Die Nachbarin war mit einem Polizeibeamten verheiratet. Ihre Mutter wohnte in der Nähe und kam regelmäßig vorbei, um auf das Kind aufzupassen, mit ihm zum Spielplatz zu gehen, ihm nachmittags etwas zu essen zu geben. Die Nachbarin war ausreichend eingebunden, warum sollte sie sich mit einer ledigen Mutter belasten, die vermutlich auch noch neidisch auf sie war? Die womöglich schon ein Auge auf ihren verbeamteten Ehemann geworfen hatte! Nein, ganz klar, die Nachbarin hatte gut daran getan, sie abblitzen zu lassen, sie hatte sofort gespürt, dass sie es mit einer Person mit vielen Problemen zu tun hatte, und als besonnener Mensch hielt die Nachbarin solche Menschen auf Abstand.

Die Mutter des Kindes meldete sich auf einer Seite für Single-Eltern in ihrer Gegend an. Sie wurde zu einem Picknick eingeladen. Tatsächlich waren die Single-Eltern hauptsächlich Mütter, aber egal, sie war motiviert, das Treffen sollte im Parc de la Tête d'Or stattfinden, also ganz in der Nähe ihrer Wohnung. Zwischen den Giraffen und dem Bären. Für ein erstes Treffen wurde empfohlen, ohne Kind zu kommen, denn man wolle sich ja unterhalten, sich austauschen über »unsere kleinen Sorgen als Singles«. Im letzten Moment sagte sie ab. Wenn sie schon Zeit für sich allein gehabt hätte, wäre sie an diesem Abend lieber ins Kino gegangen oder allein durch die Stadt geschlendert, aber ganz sicher nicht in diesen Park gegangen, wo sie ohnehin schon fast alle Tage hinging. Wo man sie schließlich mit diesen Bären verwechseln würde, der in dem kleinen Gehege stumpfsinnig seine Runden drehte.

14 *Herr Seguin hatte noch nie Glück mit seinen Ziegen gehabt. Er verlor sie alle auf die gleiche Weise; eines schönen Morgens zerrissen sie ihren Strick, liefen fort in das Gebirge, und dort oben fraß sie der Wolf. Nichts hielt sie zurück, weder die Liebkosungen ihres Herrn, noch die Furcht vor dem Wolfe.*

»Und der Wolf? Wo ist er, der Wolf?«

»Hör einfach zu, der Wolf kommt später, wir sind erst am Anfang, du wirst schon sehen …«

»Ich will den Wolf, den Wolf!«

Sie sucht nach der Seite, die das Kind am liebsten mag. Das Bild mit dem Wolf, der sich auf die Ziege stürzt. Aber das Kind hat so viele Sticker über den Kopf des Wolfs geklebt, dass der völlig verschwunden ist. Nur noch die Ziege ist sichtbar und schaut den Leser verwirrt an.

»Das ist nicht schön, dass du dein Buch kaputtgemacht hast.«

»Ich hab's nicht kaputtgemacht, ich hab nur den Wolf totgemacht.«

»Denk nicht zu viel an den Wolf, es ist doch nur eine Geschichte!«

»König Dagobert, ich will den König Dagobert!«

»Es ist schon spät, Schatz, das singen wir morgen!«

»Der seine Hose verkehrt herum angezogen hat und sie dann auf den Boden geworfen hat.«

»Bist du sicher?«

»Der König, der Pipi und Kaka auf den Boden macht und alle Gläser kaputtgemacht hat.«

»Sonst noch was?«

»Nein, der auch Maman verkehrt herum angezogen hat.«

15 Die Fahrt nach Paris musste sein. Die Nachbarin anzusprechen kam natürlich nicht infrage. Als sie ihr das letzte Mal begegnet war, hatte sie ihren Gruß kaum erwidert. Sie entschied sich dafür, die Concierge zu fragen. Ob Paloma wohl einen Tag lang auf ihren Sohn aufpassen könne? Paloma sprach nur wenig Französisch, aber sie drückte den Kleinen immer an sich, wenn sie sich im Eingangsbereich trafen, *A mamãe! A mamãe!*, rief sie dabei lachend. Wenn sie dann kurz in ihrer Pförtnerloge verschwand, wusste der Kleine, dass er gleich eine Nascherei oder ein Stück Schokolade bekommen würde, die Concierge fuhr oft in die Schweiz, wo einige ihrer Verwandten lebten, und kam dann immer mit Taschen voller Emmentaler und Süßigkeiten zurück. Der Kleine klatschte in die Hände, er war süchtig nach Schweizer Schokolade geworden, stopfte sich den Mund voll, verschmierte sich Hände und Kinn. Ganz egal, dieses Stück Schokolade war ein Beweis für Palomas Zuneigung, ein Zeichen der Verbundenheit, die zwischen ihnen und der Concierge entstanden war.

Sie wiederholte für sich den Satz, den sie sich auf Portugiesisch zusammengesucht hatte. *Poderia, uma manhã, guardar o meu filho, Paloma?*

Im Flur vernahm sie ein leises, dumpfes Geräusch, wie sie

es öfter hörte, wenn Paloma die Türgriffe polierte oder den Fußboden putzte, also riss sie schnell die Wohnungstür auf. Vor ihr stand ein Mann im dunklen Anzug.

Zum Reagieren hatte sie keine Zeit, schon stand der Gerichtsvollzieher in der Wohnung und musterte das Wohnzimmer mit dem ganzen Spielzeug.

Der Kleine saß schon in der Badewanne, das war jetzt wirklich nicht der richtige Zeitpunkt. Sie wusste, dass sie mit ein paar Rechnungen im Rückstand war, das würde sie schnellstmöglich regeln, ob er nicht vielleicht später noch mal kommen könne, zum Beispiel wenn sie richtig angezogen war, dann könne sie ihn anders empfangen als im Nachthemd ...

Der Gerichtsvollzieher stellte seinen Aktenkoffer auf den Küchentisch, neben die Frühstücksreste und das mit Milch verklebte Fläschchen. Er zog ein Bündel Papiere heraus und zeigte ihr, wo sie unterschreiben sollte.

Das Kind im Badezimmer rief nach ihr, sie unterschrieb und bat den Gerichtsvollzieher zu gehen. Er antwortete nicht, hatte er sie überhaupt angesehen, seit er hereingekommen war? Es hätte keinen Unterschied gemacht, wenn sie nackt vor ihm gestanden wäre. Und die Rufe aus dem Badezimmer schienen auch nicht bis zu ihm vorzudringen.

Rückwärts gehend verließ sie das Zimmer, damit der Gerichtsvollzieher im Gegenlicht nicht unter ihrem Nachthemd ihre Beine und ihren Po sehen konnte. Sie legte ein Handtuch über die Schultern des Kindes und hob es aus der Badewanne.

»Wer ist das, wer ist das?«, fragte das Kind.

»Egal, das ist ein Monsieur, der gleich wieder gehen wird.«

Sie tupfte mit dem Handtuch die pitschnassen Haare ihres Sohnes ab.

»Aua, du tust mir weh«, beschwerte er sich.

Als sie aus dem Badezimmer kamen, stand der Gerichtsvollzieher bereits im Kinderzimmer und machte sich Notizen in ein Heft. Sie lief hinter ihm her, als er in ihr Schlafzimmer eindrang, sich über Computer und Scanner beugte, um sich die Marke und den Zustand zu notieren.

»Das ist mein Arbeitsgerät«, wiederholte sie, »mein Arbeitsgerät, ich arbeite freiberuflich.«

»Das behaupten alle«, meinte der Gerichtsvollzieher lakonisch.

Endlich hatte er gesprochen, der Gerichtsvollzieher war also doch ein menschliches Wesen.

»Möchten Sie einen Kaffee?«, fragte sie, um ihn für sich einzunehmen.

Er antwortete nicht. Sein Blick drang durch das Kind und sie hindurch und schweifte zum Fenster hinaus, um schließlich am gegenüberliegenden Gebäude hängenzubleiben.

Dann drehte sich der Gerichtsvollzieher mit einem Ruck um, schnappte sich Aktenkoffer und Papiere und verschwand; die Tür ließ er weit offen stehen.

Sie liefen hinter ihm her und sahen ihm nach, als er die Treppen hinuntereilte, hatte er nicht bemerkt, dass es einen Aufzug gab?

16 ALLEINERZIEHENDE MUTTER + ABHAUEN. Sie klickt auf den von Beverly eröffneten Thread.

BEVERLY

Ich habe eine vierjährige Tochter. Kurz nach ihrer Geburt habe ich mich von ihrem Vater getrennt. Ich habe schon zwei Kinder von einem anderen Vater, der sie ab und zu besucht, also wenn es ihm mal wieder in den Kram passt. Aber meine Jüngste macht mir das Leben zur Hölle. Sie ist unerträglich und gehorcht nie. Sie schläft noch immer keine Nacht durch, wacht gegen drei Uhr auf und kreischt und schreit, bis ich in ihr Zimmer komme. Gegen fünf Uhr morgens weckt sie das ganze Haus auf mit ihrem Gebrüll. Wir mussten schon umziehen, weil die Nachbarn es nicht mehr ausgehalten haben (wir wohnten damals in einer Wohnung). Immer wieder flippt sie völlig aus, stampft mit den Füßen, wirft sich auf den Boden. Mittlerweile traue ich mich mit ihr kaum noch aus dem Haus, denn es wird immer zu einem Albtraum: Einkaufen, Spielplatz oder Zoo, immer komme ich total leer, entmutigt und verzweifelt zurück. Auch meine beiden anderen Töchter leiden unter diesem tagtäglichen Stress, denn die Kleine kostet mich mein letztes Fünkchen Kraft. Ich habe als Mutter völlig versagt, es hat keinen Sinn mehr, weiterzumachen. Ich arbeite als Pflegekraft im Krankenhaus, mit unregelmäßigen Arbeitszeiten, und ohne diese Arbeit, in der ich ein wenig Zeit zum Aufatmen finde, wäre ich schon lange am Ende. Es vergeht kein Tag, an dem ich nicht an Selbstmord oder ähnlich radikale Lösungen denke. Und ich sage mir, dass es das Beste wäre, wenn ich verschwinde, bevor ich noch eine Riesendummheit mache. Abhauen, weit weg von hier, aus dieser Hölle, sie einfach im Stich lassen, meine drei Kinder und vor allem die Jüngste, die ich einfach nicht mehr ertrage. Mir ist ziemlich egal, was danach geschieht, ob sich der Vater um seine Tochter kümmert oder das Jugendamt. Sollen sie mich doch in den Knast stecken oder in eine Nervenheilanstalt einweisen, wenigstens hätte ich dann endlich Ruhe und wäre vor allem ALLEIN! Das wahre Gefängnis ist hier, es ist dieses Leben, absolut unerträglich und voller Einschränkungen, ohne Freude, in dem ich mich immer nur um die Kinder kümmern muss. Ich will nicht wie meine Mutter enden, die sich ihr ganzes Leben lang für ihre Familie aufgeopfert hat und nie ein Wort des Dankes zu hören bekam. Ich habe meine Entscheidung getroffen und bin am Monatsende weg. Ich würde zu gern hören, wie es anderen Frauen ergangen ist, die den Mut hatten, es durchzuziehen – welche Erfahrungen habt ihr gemacht? Ich bräuchte dringend euren Rat, eure Unterstützung ...

LILOU_62

Es ist schon spät, aber ich muss unbedingt noch schnell auf Ihren Post antworten, Beverly! Wie können Sie nur solch düstere, dermaßen harte Dinge schreiben? Also wirklich!
Sie sprechen ausschließlich von sich selbst, wie egoistisch!

Als wäre Ihre Jüngste für das ganze Elend dieser Welt verantwortlich! Also hören Sie mal, sie ist doch noch ein Kind, ein UNSCHULDIGES Kind! Sie hat nichts verlangt! Vor allem nicht, geboren zu werden! Zu Zeiten, da es die Pille gibt oder Abtreibungen möglich sind, hätte man einfach vorher nachdenken müssen! Dieses Kind ist die Frucht Ihrer Liebe, und dazu MÜSSEN Sie jetzt stehen!

Versuchen Sie, sich wie Millionen Mütter zu verhalten, Alleinstehende, Geschiedene, die den ganzen Tag hart arbeiten und abends nach Hause kommen und sich um ihre Kinder kümmern. Kein einziger »normaler« Mensch kann Ihren Wunsch, die Kinder zu verlassen, gutheißen. Mit der Entscheidung, alles stehen und liegen zu lassen, machen Sie es sich allzu leicht!

So, das musste ich Ihnen sagen, Beverly ...

Vergessen Sie nicht, dass Sie hier in einem Forum der Solidarität sind: Hier werden Sie niemals allein sein.

MINIBOUBOU

Das Leben ist so was von ungerecht! Mein Mann und ich versuchen seit Jahren, ein Baby zu bekommen, aber es gelingt uns nicht. Ich wäre so glücklich, wenn ich Mutter werden könnte. Ich kann mir schon vorstellen, dass es nicht so einfach ist, Tag für Tag ein Kind großzuziehen, aber ich sage Ihnen, Beverly: Es ist das Schönste, was das Leben Ihnen schenken konnte. Und das Leben ist heilig.

Das Schicksal ist so was von ungerecht. Sie würden gern wieder wie ein junges Mädchen leben, während andere, wie ich zum Beispiel, nur den einen Traum haben: ganz einfach eine Mutter zu sein.

Miniboubou, was du da schreibst, ist total daneben. Was hat Beverlys Verzweiflung über ihre Tochter damit zu tun, dass du Schwierigkeiten hast, schwanger zu werden?

Nun zu Ihnen, Beverly: Wenn alle wie Sie wären, na dann prost, arme Kids! In einer Pflegefamilie oder im Kinderheim aufzuwachsen ist echt hart, ich weiß, wovon ich rede, denn ich habe es selbst erlebt, und es ist eine Erfahrung, die ich keinem wünsche. Ich will Ihnen keine Schuldgefühle machen, sondern Ihnen nur sagen, dass ich selbst mal ein kleines Mädchen in einem Kinderheim war, das sich nie wirklich davon erholt hat, dass es im Stich gelassen worden ist. Überlegen Sie es sich gut, bevor Sie eine Entscheidung treffen, die für Ihre Familie fatal wäre ...

GUGUSSE

Da setzt man ohne nachzudenken Kinder in die Welt, und wenn man merkt, dass es anstrengend ist, macht man sich einfach aus dem Staub? Na klasse!

Genau, lass deine Kleine im Stich und verpiss dich! Miststück, Rabenmutter! Schlampe!

LILOU_62

Oh Beverly, es tut mir leid für Sie, aber diese Antworten dürfen Sie nicht verschrecken. Es ist bestimmt nicht leicht, ein Kind allein aufzuziehen, aber halten Sie sich immer vor Augen, dass Sie, ja genau Sie, dieses hübsche Prinzesschen gemacht haben. Sie ist gesund, das ist das Wichtigste! Sie kriegen das schon hin, liebe Beverly, diese kleine Krise geht vorbei. Sie müssen nur Ihre Sichtweise ändern: Ein Kind ist keine Last, sondern ein Geschenk des Himmels. Ihr Töchterchen ist doch nicht Ihre Feindin! Bald ist das alles nur noch eine böse Erinnerung, und Sie gehen Hand in Hand mit Ihrer Prinzessin spazieren, wie zwei gute Freundinnen. Sie wissen doch, liebe Beverly, dass die Liebe Berge versetzen kann!

BEVERLY

Als ich mich an dieses Forum wandte, dachte ich, ich würde auf mehr Empathie stoßen, und vor allem auf weniger Verurteilungen. Ich kann mit niemandem in meiner Umgebung darüber reden, weder mit Bekannten noch Nachbarn oder anderen Müttern aus meinem Viertel. Es ist wirklich unglaublich, dass die Gesellschaft uns bis zum Erbrechen immer wieder sagt, es gäbe nichts Schöneres, als ein Kind zu haben, und eine Frau, die diesen Wunsch nicht hat, sei quasi abnormal. Da wird einem ständig vorgeworfen, »das hätte man sich gefälligst vorher überlegen müssen, man hätte ja ein Präservativ benutzen oder zur Not abtreiben können …«

Bevor man ein Kind bekommt, hat man nicht die leiseste Ahnung, was auf einen zukommt. Ist es ein Verbrechen, wenn man dann feststellt, dass man es nicht schafft? Und ist es nicht viel besser für das Kind, wenn es von jemandem erzogen wird, der besser mit ihm zurechtkommt? Wäre meine Tochter dann nicht glücklicher? Ich habe zwei ältere Töchter, vierzehn und sechzehn Jahre alt, denen ich immer wieder sage, sie sollen es sich gut überlegen, ob sie wirklich Mutter werden wollen. Sie sehen Tag für Tag, wie schwer ich mich damit tue und wie ich mich abstrample, und ich kann nur hoffen, dass sie ihre Erfüllung in anderen Dingen finden, in ihrem Frausein oder im Beruf …

TIPANDA

Pech für Sie, Beverly, aber heute Abend bekommen Sie nicht die erhofften Antworten, die Sie ermutigen würden, »es durchzuziehen«, wie Sie es ausdrücken. Sie wollen allein leben, ohne Kinder, und das, obwohl Sie gleich drei haben! Sie weinen der Unbekümmertheit der Jugend nach, aber die liegt weit zurück! Das ist vorbei, hören Sie? VOR-BEI!

LAPERLA

Beruhigen Sie sich wieder, Beverly!
Niemand hier in diesem Forum verurteilt Sie, alle versuchen nur, Ihnen mitzuteilen, was sie selbst als Eltern fühlen, das ist alles!
Was mich bei dem, was Sie schreiben, betroffen macht, ist Folgendes: Wie schafft es ein vierjähriges kleines Mädchen, Sie dermaßen fertigzumachen? Stimmt, es ist kein einfaches Alter, aber mal unter uns: Sie werden sich doch von einer Vierjährigen nicht unterkriegen lassen, oder? Wie erklären Sie sich, dass die Kleine das Klima in der Familie so massiv ruinieren kann? Kann es nicht sein, dass Sie in der Vergangenheit allzu nachlässig in der Erziehung waren? Sie ist Ihre Jüngste, vielleicht haben Sie ihr viel zu viel durchgehen lassen, und jetzt haben Sie den Salat …
Sie müssen lernen, auch mal NEIN zu Ihrer Tochter zu sagen. Sie sind die Erwachsene und müssen folglich die Zügel wieder in die Hand nehmen, um die Situation in den

63

Griff zu bekommen. Auch dadurch, dass es ab und zu mal einen Klaps auf den Popo gibt oder eine Ohrfeige. Eine ordentliche Tracht Prügel hat noch niemandem geschadet (natürlich ohne dass Spuren zurückbleiben). Ich habe meine zwei Kinder allein großgezogen und will jetzt nicht behaupten, dass ich ein Vorbild wäre, aber genau wie Lilou_62 (hallihallo, liebe Lilou_62 ☺) habe ich immer versucht, Herrin im Haus zu bleiben. Gut, manchmal bin ich auch laut geworden, ganz klar, aber ich habe die Regeln erklärt und noch mal erklärt, und notfalls habe ich meine Kinder auch mal geschlagen … Ich gebe zu, es kostet viel Energie, man muss sich ständig selbst infrage stellen – aber das gehört nun mal mit zur Erziehung. Wenn ihr Töchterchen Theater macht oder trotzig und eigensinnig ist, ignorieren Sie es; wenn es schreit, schließen Sie es ins Kinderzimmer ein, und wenn sich die Nachbarn wegen des Gebrülls beschweren, weisen Sie sie in die Schranken, also wirklich! Es ist doch überall das Gleiche: Kindererziehung ohne Geschrei und ohne Wutausbrüche, das gibt's nicht. Es ist ein täglicher Kampf, seine kleine Familie zusammenzuhalten. Ich glaube, meinen Kindern hat es, auch wenn sie ihren Vater nie kennengelernt haben, nie an Grenzen oder an Regeln gefehlt. Falls Ihre Tochter Konzentrationsstörungen hat oder hyperaktiv ist, holen Sie sich Unterstützung. Lassen Sie sie von einem Kinderpsychologen untersuchen, aber sich unterkriegen lassen von einer Vierjährigen, das geht wirklich nicht, wo kämen wir da hin? Wer hat im Endeffekt die Hosen an? Wer ist der Chef im Haus? Die Kleine oder Sie? Also bitte! Ich hoffe, dass Sie sich meinen Beitrag zu Herzen nehmen, es ist doch wirklich an der Zeit, dass man Ihnen mal Dampf macht! Stopfen Sie sich morgen früh mit Vitaminen voll, füllen Sie Ihr Magnesiumdepot auf, und auf geht's, nur Mut!

BEVERLY

Mut habe ich keinen mehr.

Jedes Jahr verschwinden hunderte Menschen. Ich tue es nicht aus einer Laune heraus, ich trage mich seit langem mit diesem Gedanken, nur so konnte ich überhaupt bis jetzt durchhalten. Irgendwann werde ich morgens abhauen. Das ist alles. Es ist nur noch eine Frage von Tagen. Ich werde einfach wieder von vorn anfangen, woanders, so weit weg wie möglich. Endlich mal wieder Spaß haben, die Zeit genießen. Und ihr sagt mir, ich müsste dieses Leben weiter ertragen? Mich weiter mit Tranquilizern betäuben?

Väter können auch mal die Verantwortung für ihre Brut übernehmen und diese Schinderei mitmachen, die sie mir die ganzen Jahre über zugemutet haben.

Ich will mich endlich darüber freuen können, eine Frau zu sein, nicht nur Mutter. Die Zeiten, in denen die Frau brav zu Hause blieb und sich um die Kindererziehung kümmerte, sind vorbei. Heute darf eine Frau, wenn sie will, wählen, arbeiten, Sport treiben. Aber in den Köpfen hat sich nichts geändert. Klar bin ich eine Rabenmutter, aber was ist mit dem Vater? Von dem spricht komischerweise keine von euch! Ihm macht man keinen Vorwurf. Er hat seine Tochter seit zwei Jahren nicht mehr gesehen. Monsieur arbeitet im Schichtdienst, Monsieur hat eine Freundin. Monsieur ist sehr beschäftigt. Und ich amüsiere mich damit, mich den ganzen Tag in einem Krankenhaus abzuhetzen. Seit fünfzehn Jahren kümmere ich mich um die beiden Großen, und das mache ich keine weiteren fünfzehn Jahre mit der Kleinen mit. Ich bin über vierzig und habe es so satt, mich aufzuopfern. Dann lieber gleich damit aufhören! Was ist denn mit der Gleichheit von Männern und Frauen? Ich finde, die Männer kommen dabei ganz gut weg. Als es um die Zeugung ging, waren sie gern zur Stelle! Aber wie viele übernehmen letztendlich Verantwortung? Ich hätte in diesem Forum zu gern die Meinung einer Frau gehört, die tatsächlich das Handtuch geworfen hat, die Meinung einer Frau, die sich befreit hat.

ESMERALDA

Warum schreiben Sie in diesem Forum und bitten um Rat, wenn Sie auf niemanden hören wollen? Alle bemühen sich, Ihnen zu helfen, und was machen Sie? Sie bleiben dabei, dass Sie Ihr Kind verlassen wollen, das ist es doch. Wir vergeuden unsere Zeit mit Ihnen. Ich denke vor allem an dieses arme kleine Mädchen … Und Sie, Sie sollten sich am besten schnellstmöglich an einen Psychiater wenden.

BEVERLY

Ein Seelendoktor ändert auch nichts. Wenn die Sitzung vorbei ist, kehrt der in seinen Alltag zurück, und ich ärgere mich weiterhin mit meiner Tochter herum.
Nicht ich brauche einen Psychiater, sondern unsere Gesellschaft, die so schlecht aufgestellt ist, und wenn ich lese, was ihr schreibt, verstehe ich auch, warum.

Eure Worte verletzen mich nicht, weit gefehlt – sie machen mich nur sehr wütend …

ANONYMA

Guten Tag.

Kontaktieren Sie ein Kindererziehungsheim. Dort kann man Ihnen helfen, Ihren Kindern und Ihnen.

PROFIL UNTERDRÜCKT

Es gibt keine Kindererziehungsheime mehr. Für Fälle wie Beverly gibt es aber noch Tierheime.

MODERATOR

Das Forum wurde geschlossen, Kommentare, die nicht den Richtlinien des Forums entsprechen, wurden gelöscht.

17 Das Gebäude war ein riesiger Bauch, der sie verschluckte, das Kind und sie, und jeden Morgen wieder aufs Trottoir ausspuckte. Die Concierge konnte nicht auf das Kind aufpassen. Sie hatte schon ihren Haushalt zu machen, einen Mann, den sie ernähren musste (wann immer sie von ihm sprach, verdrehte sie die Augen), und die Mülleimer, die sie rausstellen musste. Den Mann der Concierge sah man nie, weshalb die Mutter des Kindes in den ersten Monaten gedacht hatte, Paloma würde allein in der Wohnung hinter der Pförtnerloge wohnen, oder sie habe hin und wieder Besuch von einem Bruder oder einem Freund der Familie. Nur ihr Radio, das von früh bis spät lief, zeugte von der Existenz des Mannes, der, wie die Mutter des Kinds irgendwann erfahren hatte, seine Beine nicht mehr benutzen konnte.

Tagsüber kam es öfter vor, dass sie Eigentümern begegneten, die sich zu zweit oder dritt im Eingangsbereich aufhielten. Doch kaum kamen sie näher, verstummten diese Leute und warteten, bis sie mit dem Buggy an ihnen vorbeigegangen war, bevor sie ihr Getuschel wiederaufnahmen. Manche waren schon älter, andere nicht. Hier unterhielt man sich nur mit anderen Eigentümern. Man muss Äpfel von Birnen unterscheiden. Oder die Spreu vom Weizen trennen. Es gab nun mal Mieter und Eigentümer.

Eigentümer, wie die Nachbarin und ihr Mann, trafen sich regelmäßig, und im Eingangsbereich wurden mit Reißnägeln Zettel ausgehängt, die alle an das Datum, den Ort und die Uhrzeit der nächsten Versammlung erinnerten. »An alle Eigentümerinnen und Eigentümer«. Immer wenn sie an diesem Aushang vorbeiging, hatte sie das Gefühl, die Einladung zu einem Fest zu lesen, zu dem sie nie eingeladen werden würde. Bei diesen Versammlungen, so stellte sie sich vor, verschworen sich alle gegen sie. Weil sie mit ihren Mietzahlungen im Rückstand war. Weil sie folglich in eine Kategorie fiel, die noch unterhalb der der normalen Mieter lag, nämlich die der säumigen Mieter. Weil sie dieses Haus früher oder später würde verlassen müssen. Das machte sie fast paranoid.

Es gab noch eine weitere Unterkategorie, die in diesem Gebäude stark vertreten war, nämlich jene, die in den ehemaligen Dienstbotenzimmern im Dachgeschoss wohnten. Diese Zimmer waren normalerweise für Studenten bestimmt, doch angesichts der horrenden Mietpreise in der Innenstadt wohnten hier auch junge Arbeiter, meist ledig, denn wie hätte man es zu zweit auf weniger als sieben Quadratmetern ausgehalten?

Alleinstehende bedeuten immer Probleme, versicherte einer der Eigentümer laut und deutlich seinen Mitstreitern, nachdem die Mutter des Kindes im Eingangsbereich mit ihrem Buggy an ihnen vorbeigegangen war und die Unterhaltung flott wiederaufgenommen wurde. Gleich darauf begann er, über Airbnb zu schimpfen, was er wie »Erbienbi« aussprach, sodass sie anfangs glaubte, er rede über Musik, und sie, fast mit Interesse, die Ohren spitzte. Diese Erbienbi-Leute, sagte er, diese neue Pest, brachten viel Unruhe in ihre gutbürgerlichen Häuser, diese Leute gingen Tag und Nacht ein und aus und gefährdeten ihre Sicherheit.

Vor Entsetzen zitternd riefen sie sich erneut die Sache mit dem Schwarzen in Erinnerung, der für einige Wochen in einem der Zimmer im siebten Stock gewohnt (um nicht zu sagen: es besetzt) hatte. Die Concierge hatte mehrmals Schreie von oben gehört und hinaufgehen müssen. Dazu muss man wissen, dass die Concierge es hasste, bis ganz nach oben zu gehen, wo im Gegensatz zu den unteren Etagen Chaos herrschte. Hatte sie nicht einmal in aller Herrgottsfrühe dort oben zwei junge Frauen entdeckt, die vor der Tür des Schwarzen sturzbetrunken auf dem nackten Boden lagen? Umgeben von Wodkaflaschen? Eine der Frauen lag in ihrem Urin, »Pipi, Pipi«, hatte die Concierge den angewiderten Eigentümern in ihrem gebrochenen Französisch erklärt. Die Nachbarin gehörte natürlich zu diesen Leuten, die Nachbarin und ihr Polizist von Ehemann hatten ihre Wohnung gekauft und damit auch ihre Ungestörtheit und ihren Frieden, wie sie hofften.

18 Das Kind war mit roten Flecken übersät, es hustete und fand nachts keinen Schlaf. Der Arzt diagnostizierte Scharlach, eine eher seltene Krankheit, die in Kinderkrippen derzeit aber vermehrt auftrete.

Ihr Sohn ging aber in keine Krippe, wo sollte er sich also angesteckt haben? Vermutlich auf dem Spielplatz, auf den Rutschen, dem Karussell. Der Kleine brauchte Ruhe. Sie packte ihn in eine dicke Decke und lief mit ihm zur Apotheke, um die nötigen Medikamente zu kaufen. Zwei Tage und drei Nächte saß sie an seinem Bettchen. Am dritten Tag wurde sie selbst krank. Ein brutales Fieber; sobald sie auf den Beinen war, taumelte sie an die Möbel und Wände und fiel hin, so schwindlig war ihr. Der Notarzt sagte: »Scharlach bei einem Erwachsenen kann gefährlich werden, und deshalb lasse ich Sie vorsichtshalber in ein Krankenhaus einweisen.«

»Ins Krankenhaus? Und was mache ich mit dem Kleinen?« Der Arzt bewegte seinen Arztkoffer auf dem Tisch hin und her und schüttelte den Kopf: »Unfassbar, dass es so etwas gibt! Ihr Frauen wolltet doch unbedingt Gleichberechtigung, aber jetzt seht ihr, was ihr davon habt! Ihr könnt euch nicht mal mehr im Krankenhaus behandeln lassen!« Etwas besänftigter fuhr er fort: »Versuchen Sie es doch mal im Internet, bei einer Kontaktbörse, so habe ich zum Beispiel meine Frau gefunden …«

Jedenfalls lagen Mutter und Sohn nunmehr gemeinsam darnieder, mehrere Tage und mehrere Nächte lang, unendlich viele Tage und unendlich viele Nächte, das Kind wimmerte trotz der Schmerzmittel, sie hatte Fieberphantasien und schaffte es nicht einmal mehr zur Apotheke, um die Medikamente für sie selbst zu holen.

Sie hatte merkwürdige und wirre Träume: Eine Internetbenutzerin namens Magic_mum flüsterte ihr ins Ohr, dass ihr jedes Organisationstalent fehle, dass es für jedes Problem eine Lösung gebe, woraufhin sich Lilou_62 einschaltete, sie als Troll bezeichnete und ihr einen Vortrag über Mutterliebe hielt, die Berge versetzen könne, sie würde sich doch nicht von einer kleinen Mikrobe außer Gefecht setzen lassen, oder?

Das Antibiotikum siegte schließlich über die Infektion, das Kind erholte sich langsam, und auch sie kam wieder zu Kräften und konnte ein paar Dinge einkaufen gehen. Bald war die Krankheit nur noch eine Schneise in der Zeit, eine Erfahrung, die sich hoffentlich nie mehr wiederholen würde.

Von da an gab es nur noch eine Devise: Nie mehr krank werden, das konnte sie sich nicht leisten. Sie packte das Kind noch dicker ein als sonst und ging selbst im Sommer nicht mehr aus dem Haus, ohne ihm ein Halstüchlein umzubinden. Sie ließ sich gegen Grippe impfen, putschte sich mit Vitaminen auf, flehte ihren Körper an, sie kein weiteres Mal im Stich zu lassen, verbot sich jeden Gedanken an Mütter, die erfahren mussten, dass sie Brust- oder Eierstockkrebs hatten, an Mütter, deren Kind behindert war.

19 »Erinnerst du dich an diese Geschichte?«

»Der Wolf, der Wolf!«

»Nicht schon wieder der Wolf ...«

Eines Tages betrachtete die Ziege das Gebirge und sprach zu sich:

Wie muss es einem da oben wohl sein! Welche Lust, im Heidekraut herumzuspringen, ohne diesen verdammten Strick, der einem den Hals zuschnürt! Für einen Esel oder für einen Ochsen mag es in einem Gehege ja gut genug sein! Die Ziegen, die brauchen ein weiteres Feld.

Von diesem Augenblick an kam ihr das Gras im Gehege unschmackhaft vor. Sie begann, Langeweile zu empfinden. Sie magerte ab, ihre Milch begann zu versiegen. Es war ein wahrer Jammer zu sehen, wie sie den ganzen Tag lang am Stricke zog, den Kopf nach dem Gebirge gekehrt, mit offenen Nüstern traurig ihr »Mäh mäh!« hervorstoßend.

Herr Seguin bemerkte wohl, dass seine Ziege etwas hatte, aber er wusste nicht, was ...

»Weißt du, was sie hat, die Ziege?«

20 Sie denkt seit Stunden daran. Sie denkt daran, wenn sie das Kind beobachtet, wie es Joghurt auf dem Tisch verschmiert. Sie denkt daran, wenn sie sieht, wie es seine Spielzeugautos gegen die Tür wirft. Wenn sie die Spielsachen zusammenklaubt, den Geschirrspüler einräumt, nach dem Baden den nassen Fußboden aufwischt – sie denkt die ganze Zeit daran.

An diesem Abend wird sie wieder ausgehen. Diesmal wird sie sich zwei Stunden genehmigen. Zwei Stunden, gerade lange genug, um zum Fluss zu gehen. Sie wird an Silhouetten vorbeigehen, an Gesichtern, man wird sie für eine freie Frau halten. Wer weiß, vielleicht wird sie sogar ein Mann ansprechen. Ein Mann, der sie für eine junge Frau hält. So sehr hat sie sich schließlich nicht verändert. Sie betrachtet sich in dem Spiegel im Aufzug, hat sich ihr Gesicht verändert? Ein Unbekannter wird in der Dunkelheit nichts merken und sie ein paar Schritte begleiten. Sie werden einige Worte wechseln, das wird bestimmt Spaß machen. Für einige Augenblicke kann sie etwas anderes sein als eine Mutter. Schlampe, Nutte, Rabenmutter, die Sätze der Frauen im Internetforum schießen ihr durch den Kopf. Sie will doch nur bis zum Fluss spazieren, sie will nur sehen, welche Farbe der Fluss nachts hat. Genießen Sie diese Jahre, sie gehen so schnell vorbei. Sie ist wegen des Flusses hierhergezogen. Bisher hatte sie sich etwas vorgemacht. Sie hatte geglaubt, der Vater des Kindes sei der Grund gewesen. Unsinn! Sie erinnert sich, dass der Syrienkrieg gerade angefangen hatte, als sie hierherkam. Wegen des Wassers hatte sie sich in dieser Stadt niedergelassen. Das Wasser, das von Nord nach Süd fließt. Le Rhône, das männliche, la Saône, das weibliche Element. Die beiden Flüsse vereinigen sich, la Saône ergießt sich in le Rhône. Oder umgekehrt. Die Brücken, die sie Hand in Hand überquert hatten, sie und der Vater des Kindes. Morgens frühstückten sie in den Cafés im Quartier Saint-Jean – Saft, Kaffee, Brioches aux pralines croquantes. Nachts versuchten sie, sich zu lieben.

Eines Morgens, nachdem sie Seite an Seite geschlafen hatten, war sie allein losmarschiert, am Ufer der Saône entlang. Das Wetter war schön gewesen, und sie war wie dieser Fluss, tief, schroffes Steilufer, bereit, in den erstbesten anderen Fluss zu münden. An diesem Morgen war sie glücklich gewesen. An ihn zu denken, an sie beide, an die Zukunft, die einladend vor ihr lag, hatte sie mit großer Freude erfüllt.

Sie hatte geglaubt, dass die Freude ein gutes Omen war, sie vermittelte ihr eine innere Gewissheit.

Ganz sachte schiebt sie den Schlüssel ins Schloss.

Ganz leise, mein Baby in seinem sauberen Bettchen. Ganz leise.

21 »Papa, Papa!«

»Das ist Papou, dein Opa, nicht Papa!«

Sie betonte es mit Nachdruck. Pa-pou! Sie wollte nicht, dass ihr Sohn seinen Großvater Papa nannte.

Der Großvater lächelte.

»Papa, Papa!« Der Kleine rutschte auf seinem Stuhl herum und verbog sich fast den Hals. Sie drehten sich um. Am Nachbartisch des Restaurants saß ein Pärchen. Er um die dreißig, blond, sie sehr elegant, schien etwas älter zu sein. Der Mann sah tatsächlich zu drei Vierteln wie der Vater des Kindes aus. Der kräftige Körperbau, die breiten Schultern, die Gesichtsfarbe und die hellen Haare … Sie konnte die Aufregung ihres Sohnes nachvollziehen.

»Papa, Papa?«, wiederholte der Kleine. Er sah sie an, durfte er sich freuen? Durfte er seinen Papa stürmisch begrüßen?

Sie beugte sich zu dem Kind. »Das stimmt, dieser Mann sieht deinem Papa sehr ähnlich. Aber er ist es nicht!«

Der Kleine wollte sich selbst vergewissern. Er rutschte von seinem Stuhl und tapste zum Nachbartisch.

Der Großvater wollte es verhindern. »Halte ihn fest, das gehört sich nicht …«

Der Kleine näherte sich dem Mann und musterte ihn mit großen Augen. Doch der Mann war so ins Gespräch vertieft, dass er ihn gar nicht beachtete.

Nach einigen Sekunden wandte sich das Kind ab und kehrte zu seinem Platz zurück.

»Und?«, fragte sie.

»Er hat Haare wie Papa«, sagte das Kind.

Der Großvater war in die Speisekarte vertieft.

»Sollen wir für ihn ein Kindermenü bestellen? Nuggets oder ein Beefsteak?«

Sie lächelte das Kind an.

»Du hast auch Haare wie dein Papa, mein Schatz, schöne, blonde Haare.«

»Schau, Papou hat auch ein Lätzchen.«

Der Großvater hatte seinen Hemdkragen gelockert und eine Ecke seiner Papierserviette hineingesteckt. Sie wollte dasselbe bei ihrem Sohn machen, doch er riss sie sofort wieder weg.

»Pommes, Pommes«, verlangte er. »Mit Ketchup.«

»Ich weiß nicht, wie du ihn erziehst, aber dein Sohn ernährt sich fast nur von Ketchup, nicht zu glauben.«

Während des Essens wurden sie mehrmals vom Kind unterbrochen.

»Ein Wahnsinn, er erträgt es nicht, wenn wir uns unterhalten«, sagte der Großvater.

»Weil er es nicht gewohnt ist, er ist immer nur mit mir allein!«

»Aha, dann ist es also meine Schuld, ich bin hier überflüssig«, sagte der Großvater und wandte sich dann an den Kleinen. »Du bist jetzt mal still«, befahl er. »Wenn Erwachsene reden, musst du fragen, bevor du etwas sagen darfst.«

»Nein!«, antwortete das Kind.

»Doch, das ist so«, insistierte der Großvater.

»Beruhige dich, es gibt keinen Grund, sich aufzuregen, alles ist gut.«

»Klar doch, man darf sich nie aufregen, heutzutage lässt man den Kleinen alles durchgehen, und was dabei herauskommt, sehen wir ja!«

»Schrei nicht, du machst ihm Angst.«

»Das hätte dir deine Mutter nie durchgehen lassen.«

»Richtig, aber ich habe nicht die Absicht, ihn so zu erziehen, wie ihr uns erzogen habt.«

»Das sind ja schöne Aussichten!«

Das Kind schnappte sich die Weintrauben auf dem Tisch.

»Jetzt zerdrückt er sich die Trauben im Gesicht, schau, er hört nicht auf damit, der helle Wahnsinn! Gib sofort diese Trauben her, das ist ja eklig. Und sag deiner Mutter, sie soll mit dir auf einen Bauernhof ziehen, dort kannst du inmitten von Schweinen aufwachsen.«

Der Kleine erklärte ihm, dass man eklig nicht sagen dürfe, das sei ein böses Wort, ein gaaanz böses Wort.

Der Großvater war durch halb Frankreich gefahren, um sie zu besuchen, heute war sein Geburtstag.

»Wir freuen uns, dass du hier bist«, sagte sie lächelnd, »alles Gute zum Geburtstag.«

22 Der Kleine sitzt vor dem Fernseher. Das Fernsehen ist der billigste Babysitter, der beste sicher nicht. Sie schaut mit einem Auge auf den Bildschirm – sie will nicht, dass er irgendwas anschaut, womöglich Werbung, Verkaufskanäle, gewalttätige Serien –, mit dem anderen Auge schaut sie auf ihren Computer und versucht zu arbeiten. Danach will sie duschen. Den Kleinen anziehen, zum Spielplatz gehen, zu

Mittag essen. Dann wieder eine oder zwei Stunden arbeiten, während er sein Mittagsschläfchen hält. Danach ein kleiner Imbiss, einkaufen gehen, den Kleinen baden, der ewige Trott, die vertraute Leier.

Was ist los? Sie geht zu ihm, streicht ihm über die prallen Bäckchen. Willst du noch ein Fläschchen? Magst du dich ein bisschen in dein Bettchen legen? Der Mund des Kindes verzieht sich, die kleinen Mundwinkel senken sich, die Augen sind halb geschlossen. Bist du traurig? Er nickt, sein kleines Kinn bebt leicht. Was ist denn? Papa, flüstert das Kind, mein Papa. Was ist mit deinem Papa? Wo ist er, mein Papa?

Sie setzt sich zu dem Kind. Nimmt seine Hand. Er ist jetzt nicht da, dein Papa. Er ist nicht da, da können wir nichts machen. Du nicht und ich nicht.

Sie wünschte, sie fände die richtigen Worte, um ihn zu beruhigen, ihn zu trösten, aber sie hat irgendwo, vermutlich in einem Internetforum, gelesen, dass man ein Kind nicht mit falschen Versprechungen hinhalten, ihm keine falschen Hoffnungen machen solle. Doch diesmal tut sie es. Wenn dein Papa dich eines Tages sehen möchte, ruft er mich an, und ich werde es dir sagen. Ich werde es dir sofort sagen, du bist der Erste, der es erfährt. Wenn dein Papa anruft, werde ich mich euch nicht in den Weg stellen, ganz bestimmt nicht, ich weiß, wie wichtig ein Papa ist.

Sie darf nicht mit dem Kind in Trübsinn verfallen, nicht mit ihm weinen, sie kann Mitgefühl zeigen, darf aber nicht mitleiden. Sie darf auch seinen Kummer nicht unterschätzen, wenn er ihn schon mal zum Ausdruck bringt. Du bist nicht der Einzige, mein Schatz, es gibt so viele Kinder ohne Papa, sehr viele, das ist wirklich keine große Sache.

Sie wiegt das Kind in den Armen, es scheint sich zu beruhigen. Mein Kleiner, mein süßer kleiner Spatz. Nein, ich bin schon groß, protestiert das Kind. Gut, mein kleiner Großer. Was sollen wir spielen? Wir tun so, als wäre ich ein Krokodil, und du, was bist du? Ein Panther? Einverstanden, du bist ein Panther, rrrrr.

23 Es war ein ständiges Aufpassen, rund um die Uhr, ohne Atempause. Die Nächte waren keine Nächte mehr, wenn das Kind wegen nichts, wegen eines bösen Traums, eines Geräusches im Flur, einer Panikattacke schluchzend aufwachte. Drei, vier Mal pro Nacht rief es nach ihr. Es konnte nur wieder einschlafen, wenn sie bei ihm war, »zu mir, zu mir«, bettelte es. Nichts half, weder Streicheln noch beruhigende Worte, das Kind wachte bekümmert auf, verstört, seltsam, und es war ihre eigene Angst, die in seiner kleinen Stimme mitschwang.

Die Wochenenden und Feiertage waren am schlimmsten, weil sie da insgeheim auf ein Lebenszeichen des Vaters wartete. Manchmal schickte sie ihm mitten in der Nacht Textnachrichten: »Was ist mit dem Kind? Willst du deinen Sohn nicht sehen?« Der Kleine redete wenig von ihm. Sie versuchte, ihm seinen Vater mittels Fotos nahezubringen, durch einige Erinnerungen. Dein Papa würde sich freuen, wenn er sähe, dass du dir deine Schuhe schon allein anziehen kannst. Dein Papa wäre stolz, dass du in einem großen Bett schläfst. Dein Papa würde nicht gern hören, dass du schlimme Wörter sagst. Oder aber: Du hast dieselben Haare wie dein Papa. Du hast einen hübschen Namen, den Namen deines Vaters.

An Sonntagen konnte sie sich nicht überwinden, die Stadt zu verlassen. Eines Tages würde der Vater schon auftauchen, er würde seinen Sohn sehen wollen, etwas anderes war gar nicht möglich. Und dann müssten sie da sein, bereit für ihn. Gegen acht, neun Uhr abends, nachdem sie begriffen hatte, dass der Vater auch diesmal nicht anrufen würde, dass nichts mehr passieren würde, ließ der innere Druck endlich nach. Sie hörte Musik, ließ das Aufräumen sein, die Vorbereitungen, das Warten. Das Kind fing an, herumzutanzen, sie stellte die Musik lauter, hüpfte mit ihm herum, das war völlig abgehoben, aber das waren sie beide, und manchmal schliefen sie fast glücklich ein.

Sobald sie etwas Geld auf der Seite hatte, reservierte sie Spielsachen auf der Internetseite von Le Bon Coin, und sie fuhren durch die Stadt, um das Bestellte abzuholen: Plüschtiger, Kinderroller, eine Spielzeuggarage, ein gebrauchtes Xylophon. Wenn das Kind die Sachen dann sah, kreischte es vor Freude, sie machte Crêpes, heiße Schokolade, und dann wurde gefeiert. So verbrachten sie Weihnachten, Neujahr, seinen zweiten Geburtstag …

Ihr waren die Wochentage lieber, wenn die anderen arbeiten gingen, denn dann ging sie als ganz normale Frau mit Kind durch, als Hausfrau und Mutter. Eine Vielzahl von Gebäuden stand ihnen offen und empfing sie. Im Viertel hatte sie ihre Rituale – die Bibliothek, die Cafés, der Supermarkt. Wollte sie an einem Märchen-Workshop teilnehmen? Sich für einen Yogakurs für ganz Kleine anmelden? Man kam aus dem Haus, war an der frischen Luft, hatte einen Tapetenwechsel, plauderte mit anderen Müttern.

Es war das Alter der analen Phase, der vielen »Warum?«-
und »Was dann?«-Fragen. Ständig dieselben Fragen, die so oft
wiederholt wurden, bis sie deren Sinn nicht mehr begriff und
das Kind verdutzt anstarrte, bevor ihr die wahre Botschaft
endlich dämmerte: »Spielst du mit mir?«

Den lieben, langen Tag hörte sie es brabbeln.

Es war das Alter von *Wo die wilden Kerle wohnen*, des
Blauen Hunds und *Hau ab, du großes, grünes Monster!* Es war
das Alter von Drachen, Wölfen und Hexen. Eine Geschichte,
dann zwei, dann drei, das Kind bekam nie genug, nie genug
Bücher, Spielsachen, Aufmerksamkeit, und wenn es dann ans
Schlafengehen ging, gab es Tränen und Ängste ohne Ende.

Es war das Alter des Karussellfahrens, der grünen Maus
und von Knetmasse, die man zu Crêpes plattdrückte, und die
zu Obstkuchen wurden oder zu Schlangen, die mit den Händen gerollt wurden.

Es war das Alter von »Bruder Jakob, Bruder Jakob, schläfst
du schon«, von »Nein, nein, nein« und »Ich, ich, ich«.

Manchmal nahmen sie den Zug, um Tanten, Onkel oder
Freunde zu besuchen. Sie wurden am Bahnsteig erwartet, ein
kleines Zwischenspiel in ihrem Leben begann. Nichts machte
das Kind glücklicher, als mit anderen Kindern zusammen zu
sein, besonders mit seinen Cousins und Cousinen. Für ein
paar Tage waren sie beide in eine Familie eingebunden, ge-
nossen die Mahlzeiten an einem großen Tisch, auf dem eine
rote Plastiktischdecke mit weißen Birnen lag. Im Ofen kö-
chelte Fisch, in der Küche standen Teller mit verschiedenen
Käsesorten, und wenn die Kinder im Bett waren, wurden bei
einem Kamillentee endlos Vertraulichkeiten ausgetauscht.

Das Haus war groß und voller Kinder. Ihr Sohn rannte herum, lachte, lief an ihr vorbei, ohne auf sie zu achten, so trunken war er von dieser Menschenmenge, von dem, was alles möglich war, von diesem Vergessen ihrer selbst.

Bald aber war der Tag der Heimreise gekommen, sie mussten wieder in den Zug steigen und in das tägliche Einerlei zurückkehren, ihr Leben erneut organisieren, sich wieder zurechtfinden in dieser Stadt der Einsamkeit.

Sie hielt den Tagesablauf durch, sie hielt für den Kleinen durch. Doch wenn sich die Nacht ankündigte, konnte sie es kaum erwarten, bis er einschlief, um endlich wieder alles zulassen zu können, ihre Ängste, ihren zurückgehaltenen Ärger. Doch das Kind meldete sich ständig, mal hatte es Durst oder Angst, wollte Pipi machen, mal wollte es nur, dass sie bei ihm blieb, »zu mir, zu mir«. Dann schlüpfte sie schnell wieder in die Rolle der beruhigenden Mutter, redete in sanftem Tonfall auf das Kind ein. Es kam allerdings auch vor, dass sie die Geduld verlor und wollte, dass es endlich ruhig war, aufhörte zu betteln und sie in Ruhe ließ. Sie war müde, war erschöpft von diesem Wesen, das sie erfunden hatte und das von A bis Z erfunden war: die gute Mutter. In solchen Momenten war ihre Lust zu fliehen vermutlich am größten. Dann, wenn sie merkte, dass sie diese eine Rolle nicht mehr ertrug, in der sie sich so eingeengt fühlte, dass sie in einen Film geraten war, dessen Anfang sie offenbar verpasst hatte, und in dem sie sich als Statistin empfand. Dann waren ihre Fluchtgedanken stärker denn je, so anhaltend wie Atemzüge, von einer erstickenden Hartnäckigkeit.

24 Seit einiger Zeit war sie sich ganz sicher: Die Nachbarin ging ihr aus dem Weg. Vielleicht, seitdem sie sie auf einen Kaffee zu sich eingeladen hatte. Manchmal hatte sie den Eindruck, dass die Tür gegenüber zugemacht wurde, sobald sie ihre eigene öffnete. Dass sie Schreie hörte, und sie hätte nicht sagen können, ob es die Nachbarin war, die weinte, oder ihr Mann, der laut wurde, oder beides gleichzeitig.

Eines Abends traf sie im Eingangsbereich auf den Ehemann.

Er trug noch seine Uniform. Sie warteten gemeinsam auf den Aufzug, mit dem Kind, das von einem Fuß auf den anderen trat.

»Polizei, Polizei«, rief das Kind und zielte mit einer imaginären Maschinenpistole auf den Ehemann der Nachbarin, tatatatata ... tatatata ...

Der Mann der Nachbarin reagierte nicht.

»Ich habe zu Hause einen Tiger und auch ein Feuerwehrauto ...«, erzählte das Kind.

»Entschuldigung.« Sie lächelte den Mann der Nachbarin an, als der in den Aufzug stieg. »Entschuldigen Sie, aber er sieht zum ersten Mal einen echten Polizisten.«

Und sie fügte spontan hinzu: »Wie geht es Ihrer Frau?«

Der Nachbar wich instinktiv zurück.

»Hat meine Frau es Ihnen nicht deutlich gesagt? Lassen Sie uns in Frieden!«

DIE WOCHENENDEN

25 »Am Wochenende komme ich vorbei.« Diese Nachricht stand im Display ihres Handys wie ein Rebus, ein Rätsel. Es war die Nummer des Vaters des Kindes.

Vorbeikommen? Wozu genau? Um seine restlichen Sachen zu holen? Um das Kind in den Arm zu nehmen? Vorbeikommen hieß auf jeden Fall: nicht lange bleiben. Auf einen Sprung? Deutete diese Nachricht auf eine größere Verhaltensänderung des Vaters hin, oder handelte es sich nur um eine vage Absichtserklärung? Schließlich war er der Vater und hatte, genau wie sie, gewisse Rechte, was das Kind betraf. Das Recht, es ihr zu entziehen, vielleicht sogar ihr wegzunehmen?

Sie dachte an dieses alte Kinderlied, das ihr plötzlich nicht mehr aus dem Kopf ging: Es ist mal da, es ist mal dort, es rennt, es rennt, das Frettchen, das Frettchen aus dem schönen Wald …

Nein, mit seiner Nachricht wollte der Vater einfach nur mitteilen, dass er wieder Kontakt aufnehmen wollte, seinen Sohn nicht vergessen hatte. Dass er ihn in Zukunft vielleicht hin und wieder sehen wollte. Dass eine Übereinkunft, eine Versöhnung möglich sein müsste. Als sie die Neuigkeit schließlich ihrem Sohn mitteilte, war sie wieder ganz ruhig.

Dein Papa hat eine Nachricht geschickt. Er denkt an dich. Er kommt dich bald besuchen. Er liebt dich. Als sie diese Worte aussprach, kamen ihr plötzlich die Tränen. Tränen der Freude, der Erleichterung. Das Kind und sie fielen sich um den Hals, schlossen sich in die Arme, sie waren wieder eine Familie.

Am Wochenende war das Telefon des Vaters wieder ausgeschaltet. Gegen achtzehn Uhr schlug sie dem Kind vor, einen kleinen Spaziergang zu machen, um vor dem Abendessen noch etwas frische Luft zu schnappen.

»Und Papa?«, fragte das Kind.

»Ich weiß nicht, dein Papa hat sicher viel Arbeit.«

Auf der Straße trödelte der Kleine, blieb bei jedem Kieselstein stehen, an jedem Kanaldeckel, jeder neuen Haustür. Die ganze Welt faszinierte ihn, beanspruchte seine Aufmerksamkeit, er wollte alles aus nächster Nähe sehen, anfassen, verstehen. Sie zog ihn am Ärmel seiner Jacke weiter. Komm, komm weiter. Was machst du da? Auf, beeil dich. Was, wenn der Vater doch noch vorbeikam und sie nicht zu Hause waren? Wie hatte sie nur auf die Idee kommen können, unter diesen Umständen aus dem Haus zu gehen? Das Kind setzte sich irgendwann auf die Erde. Es wollte nicht nach Hause gehen. Es wollte zuerst sehen, wie der Mond am Horizont langsam emporstieg. Sie setzte sich zu ihm auf die Außentreppe einer Boutique, und sie warteten gemeinsam auf den Einbruch der Dunkelheit.

Die Nachricht des Vaters läutete eine neue Phase ein, eine vage, unbestimmte Warterei ohne den kleinsten Hinweis, an dem sie sich hätten orientieren können, ohne Datum oder Motiv.

Folglich begann sie wieder, bei jeder SMS zusammenzuzucken, mehrmals pro Stunde ihre Mails zu checken, ihre Mailbox abzuhören. Der Vater würde kommen, sie musste sich an diese Hoffnung klammern, jawohl, ihr Kind hatte einen Vater, und irgendwann würde es ihn wiedersehen.

26 Sie hätte es nicht tun dürfen. Niemals hätte sie so weit gehen dürfen. Sie muss verrückt sein. Das hatte sie schon gewusst, als sie in die Metrostation hinunterging. Sobald sich die Wagentüren hinter ihr schlossen und sie sich unabwendbar von dem Kleinen entfernte. Schon auf dem Bahnsteig bekam sie die ersten Krämpfe. Was ist nur in sie gefahren? Es gibt einen Sicherheitsradius, den sie niemals hätte überschreiten dürfen. Das ist nun wirklich das letzte Mal.

Weitergehen. Wenn sie sich umdreht, ist alles im Eimer. An jeder Haltestelle ein Fausthieb. Was, wenn die Metro jetzt eine Panne hat?

Letztendlich aber hat sie ihr Vorhaben durchgezogen. An der Haltestelle Bellecour ist sie ausgestiegen und in Richtung Saône gelaufen.

Sie ist die Stufen zum Uferdamm hinuntergeeilt.

Wasser, eine gewaltige Wasserfläche. Ihre feuchten Absätze auf der Brücke, feuchte Küsse.

Die Saône führt viel Wasser an diesem Abend, sie ist breit. Noch ein paar Zentimeter, und sie würde über die Ufer treten.

Die Mutter des Kindes betritt den roten Steg, die Fußgängerbrücke der Verliebten. Jede Menge Vorhängeschlösser, Tand entlang der roten Gitterstäbe. Christophe, ich liebe dich. Lou + Camille, Pablo und Yasmina. Jocelyne und Fabrice. Forever.

Es regnet.

Umso besser.

Es dauert nicht lange, bis ihre Haare feucht sind, sie zieht den Gummi heraus, der sie zusammengehalten hat. Befreit sie mit einer abrupten Kopfbewegung.

Sie spürt ihre Beine, ihre Schenkel.

Ihren Rücken, ihren Nacken.

Wie es ist, einen Körper zu haben.

Einen Körper, an den sich kein Kind klammert. Einen Körper ohne Buggy als Verlängerung. Das hatte sich bei den ersten Alleingängen komisch angefühlt. Sie war sich nackt vorgekommen, verwundbar. Als sei ihr etwas amputiert worden, eine fast natürliche Verlängerung ihrer selbst.

Doch an diesem Abend fühlt sie sich leicht, richtig leicht.

Weitergehen. In ihrem eigenen Rhythmus, nicht dem langsamen, immer zeitverzögerten Rhythmus des Kindes. Ihren Körper wieder in Besitz nehmen. Ihr Leben.

Am Ufer entlanglaufen.

Hüpfen, vor sich hinträllern in der kalten Nacht. Eine grüne Maus, hö, lief durch das Gras, hö … Morgen wird sie kaputt sein, aber sie wird wenigstens wissen, wieso.

Ein Mann klammert sich ans Geländer des Pont Bonaparte. Was macht er da? Er scheint etwas in seiner Tasche zu suchen. Sie ruft ihm zu: »He, alles in Ordnung?« Wegen des Winds kann der Mann sie nicht hören. Er wird doch nicht vor ihren Augen ins Wasser springen, oder? Sie schreit. Der Typ dreht sich um und gibt ihr zu verstehen, sie solle ruhig sein. Mit wenigen Gesten zeichnet er Buchstaben an die Brücke. Ah, ein Sprayer. Mit einer anderen Farbe füllt er die Leerstellen aus. Signiert sie schließlich mit einem dicken, leuchtenden Stift. Sie entziffert: CHAZE.

Der Typ klettert über das Geländer zurück und läuft den Uferdamm entlang.

Das Ganze hat nur wenige Minuten gedauert, doch das Graffito ist fertig, riesig. Morgen wird es von allen Booten aus gesehen werden.

Etwas weiter vorne, unter der Brücke, stinkt es nach Farbe, nach Chemie.

Ein paar Typen stehen dort herum, Jeans, Sneakers und Baseballkappen, Bierdosen in der Hand.

Neben ihnen Taschen voller Spraydosen.

Sie lächelt ihnen zu. Seid ihr die Sprayer? Einer der Jungs, um die zwanzig, mustert sie. Wir machen nur Tags und Vandalismus! Sie starrt auf seine Bierdose. Kann ich einen Schluck haben? Der Junge reicht ihr seine Dose.

Der Typ vom Bootssteg kommt an, ebenso durchnässt wie sie. Einer der anderen pfeift durch die Zähne.

»Toll, Mann, das eben auf der Brücke war 'ne heiße Nummer!«

»Dort unten wird mein Tag 'ne ganze Weile stehen bleiben.«

»Alles eine Sache der richtigen Platzierung ...«

»Da war so 'ne Verrückte, die rumgebrüllt hat, um ein Haar wäre ich aufgeflogen.«

Das Smartphone in ihrer Tasche piept.

Danke für das Bier.

Chaze hat sie nicht mehr erkannt. Chaze, heißt er wirklich so?

Den Uferdamm wieder hinaufgehen und die letzte Metro nehmen. Nur wenige Straßen trennen sie noch von ihrer Wohnung.

Sie kennt diese Kreuzung doch ganz genau, sie weiß, dass sie gefährlich ist und dass sie höllisch aufpassen muss, wenn sie sie mit dem Kind im Buggy überquert.

Sie sieht das Taxi nicht kommen, direkt auf sie zu.

27 Die Arme funktionieren noch, die Beine ebenfalls. Wenige Zentimeter von ihrem Gesicht entfernt, im Rinnstein, eine verchromte Metallplatte. Eine Wagentür, herausgerissen. Ein Stück weiter weg ein Stück des Außenspiegels.

Sie richtet sich auf. Weil das Taxi ihr auswich, hat es eine Reihe von parkenden Autos geschrammt. Der Taxifahrer springt aus seinem Wagen und läuft zu ihr.

»Oh Gott, was ist? Sie haben nichts?«

»Sie auch nicht?«

»Falls Sie sich absichtlich vor meinen Wagen werfen wollten, hätten Sie es nicht geschickter anstellen können!«

»Glauben Sie mir: Ich bin nicht lebensmüde, ich möchte ganz bestimmt nicht sterben …«

»Sie zittern, soll ich einen Arzt rufen, einen Krankenwagen?«

Sie schüttelt den Kopf. Ein erstes Auto hält an, Passanten laufen herbei. Wählen Sie die 115! Nein, die Polizei hat die 117! Geht's, Madame?

»Nur Blechschaden, niemand ist verletzt.«

»Sind Sie sich sicher, dass Sie sich nicht untersuchen lassen sollten? Die Feuerwehr kann jeden Moment eintreffen! Ein Unfallprotokoll muss gemacht werden!«

»Ein Protokoll?«

Sie betrachtet den Mann, der sie beinahe umgebracht hätte.

»Sie sind viel zu schnell über einen Fußgängerübergang gefahren, im Stadtzentrum. Wollen Sie wirklich, dass ein Unfallprotokoll gemacht wird?«

Sie hebt ihre Handtasche vom Asphalt auf und läuft im Zickzack zwischen den stehenden Autos durch.

Sie ist ein Tier. Ein Tier in äußerster Bedrängnis. Ein gehetztes Tier.

Sollen die Leute sie doch in Ruhe lassen.

Der Aufzug braucht ewig. Jedes Stockwerk ein Jahrhundert.

28 Familiensachen lohnen sich nicht, die Anwältin empfing sie in einem schäbigen Büro. Sie habe gut daran getan, zu ihr zu kommen. Fälle wie ihren erlebe sie jeden Tag. Sie solle ihre Kräfte und ihre Rechnungen sammeln, ihre Kontoauszüge, möglichst viele Unterlagen. Man müsse eine Akte anlegen. Der Vater habe kein Mitleid verdient. Sie müsse aufwachen, ihre Apathie abschütteln, aktiv werden. In die Offensive gehen. Einen Richter einschalten. Sie, die Anwältin, würde sie gegen diesen Ex-Partner verteidigen, und sie vor allem vor sich selbst und ihrer abwartenden Haltung schützen. Auch wenn sich der Kindsvater nicht mehr melde – er sei zumindest verpflichtet zu zahlen. Knete, Kohle, Kies. Die Anwältin klopfte mit ihrem Stift auf den Tisch und fragte, ob sie noch etwas hinzuzufügen habe.

Ja, sie habe in der Tat etwas hinzuzufügen, sie finde den Vorschlag der Anwältin ja sehr interessant, aber riskiere man damit nicht, den Vater vor den Kopf zu stoßen? Wichtiger als das Geld sei ihr persönlich, dass der Vater seinen Sohn besuche. Wie könne man einen Kindsvater dazu bringen, Kontakt mit seinem Sohn aufzunehmen? Sie frage das, weil ihr das wichtig sei, sehr wichtig, sogar lebenswichtig für das Kind, auch wenn das mit dem Geld … nun ja, das könne sie schon brauchen, sie sei tatsächlich in einer finanziell schwierigen Lage, die mit jedem Tag noch schwieriger werde, aber was sie sich wirklich wünsche, von ganzem Herzen, sei, den Vater daran zu erinnern, dass er einen Sohn hat. Nur aus diesem einzigen Grund sei sie in dieser Stadt geblieben, in der sich nichts tat, in der nichts passierte.

Die Anwältin seufzte. Mit derartigen Sentimentalitäten könne man nicht vor Gericht gehen. Sie solle vernünftig sein. Man könne von der Justiz nichts Unmögliches verlangen. Das Gericht könne den Vater zum Zahlen zwingen, das ja, eine Gehaltspfändung erwirken, bis zu zehn Prozent des Einkommens des Vaters, hundert Euro, zweihundert Euro, war er überhaupt zahlungsfähig? Denn wenn nicht, sei alles umsonst, und sehr viele Männer würden lieber Insolvenz anmelden, als für ihren Nachwuchs Alimente zu zahlen … Aber einen Vater zu haben, finden Sie das nicht wichtig, wiederholte die Mutter des Kindes. Nur die Liebe einer Mutter, das spüre sie, reiche nicht aus. Das Kind brauche beim Heranwachsen die Zuneigung von beiden Elternteilen, so wie es zum Gehen

beide Beine brauche. Gut, man könne natürlich eine Besuchs-
pflicht einfordern, sagte die Anwältin. Aber wenn der Vater
nicht die Absicht habe, seinen Sohn zu sehen, was nütze es
dann, darauf zu bestehen? Warum ihm ein Privileg einräu-
men, das er ohnehin nicht in Anspruch nehmen würde?

Denn das Besuchs- und Umgangsrecht sei, wie der Name
schon sagte, nur ein Recht und keinesfalls eine Pflicht. Nichts
verpflichte ein Elternteil dazu, sein Kind zu sehen. Das sei le-
gal gesehen zwar eine Form von Vernachlässigung, aber vermutlich besser so, denn wenn ein Vater keine Lust habe, sich
um seine Familie zu kümmern, würde es nicht viel nützen, ihn
dazu zu zwingen. Die Gesetze hätten das Kindswohl im Auge,
und zum Wohle des Kindes sei nun mal entschieden worden,
dass es seine Eltern nur sah, wenn diese das auch wollten.

Es sei hingegen so, und die Anwältin machte sie nach-
drücklich auf diesen Aspekt aufmerksam, im Gegenzug sei es
so, dass, wenn ein Vater im Rahmen seines Besuchsrechts
sein Kind abholen wolle und vor verschlossener Tür stehe,
und sei es nur einmal, ein einziges Mal, oder wenn die Mutter
unangekündigt verreist wäre, dann könne der Vater sie ver-
klagen. Behinderung bei der Ausübung des Besuchsrechts, da
kannten die Richter kein Pardon … Stellen Sie sich nur vor,
insistierte die Anwältin, stellen Sie es sich einmal bildlich
vor: jedes zweite Wochenende und die Hälfte der Ferien quasi
unter Hausarrest stehen, gezwungen sein, auf jemanden zu
warten, der sich ohnehin nicht blicken lassen würde? Und
darum wollen Sie den Richter bitten? Das Besuchsrecht sei
eine Waffe, die sich gegen sie selbst richten würde, ein Mittel
für ihren Ex-Partner, ihr Leben zu kontrollieren, sie noch ein
Stück mehr ihrer Freiheit zu berauben … Aus diesem Grund

würde sie als Juristin ihr raten, auch in Anbetracht der Tatsache, dass es sich um ein archaisches Gesetz handle, deshalb würde sie ihr raten, falls der Vater von sich aus nichts verlange, darauf zu verzichten, etwas anderes von ihm zu wollen als Kohle. Kohle! Sie schlug mit der Faust auf ihr Faxgerät und kopierte ihr die Liste der Unterlagen, die sie brauchte, um eine Akte anzulegen. Und es gelte, keine Zeit zu verlieren, es gebe eine Frist von mindestens sechs Monaten, bevor eine richterliche Anhörung möglich war. Sie klopfte der Mutter des Kindes leicht auf die Schulter, als sie sie zur Tür schob und ihr versicherte, dass sie in dem Kampf, der ihr bevorstand, nicht mehr allein sei ... In der Zwischenzeit solle sie bitte schon mal eine Anzahlung von fünfhundert Euro an ihre Kanzlei überweisen.

29 VATER + ABWESEND

LULUBLUETTE

Ich habe mich in diesem Forum für alleinerziehende Mütter angemeldet, weil ich das Gefühl habe, eine zu sein, obwohl ich mit meinem Partner zusammenlebe. Lasst es mich erklären: Ich habe zwei Kinder, das kleine ist erst zwei Monate alt. Mein Partner arbeitet von morgens 6 oder 7 Uhr bis abends gegen 8 oder 9 Uhr. Er ist selbstständig und hat folglich nie einen freien Tag. Deshalb muss ich alles allein stemmen, alles, alles, alles. Einkaufen, Kochen, Haushalt, Kinder ... Hin und wieder lässt er sich für kurze Zeit zu Hause blicken, sagt mir, er sei fix und fertig, fällt auf die Couch und sieht fern ... dann ist er quasi auch nicht anwesend. Hin und wieder (äußerst selten!) machen wir einen kleinen Ausflug, gehen in den Park oder in den Zoo ... aber auch das nur zeitlich begrenzt. Ich sage mir jeden Tag, dass es nicht das Leben ist, das ich mir gewünscht habe, ganz bestimmt nicht, und ich weine auch täglich. Irgendwas stimmt hier doch nicht, oder? Ich versuche immer mal wieder, es meinem Partner klarzumachen und ihn zu bitten, jobmäßig etwas kürzerzutreten. Dann bemüht er sich eine Zeitlang, mehr zu Hause zu sein, aber bald ist alles wieder wie gehabt.

Ich habe es echt satt, ihn immer wieder anbetteln zu müssen, mir etwas zu helfen, es macht mich total fertig, mich immer allein um alles kümmern zu müssen. Wenn ich gewusst hätte, dass das Familienleben so anstrengend ist, hätte ich darauf verzichtet. Manchmal beneide ich alleinerziehende Mütter, denn sie bekommen wenigstens Hilfe. Ich dagegen habe kein Recht auf irgendetwas, da wir im Prinzip ja zu zweit sind! Für mich selbst tue ich rein gar nichts mehr, ich verzichte auf alles. Ich denke immer häufiger daran, mich von ihm zu trennen, andererseits ist er ja kein übler Typ, und ich liebe ihn auch. Trotzdem bin ich total unglücklich. Ich bin nur noch am Jammern, und das macht mich noch mutloser. Es ist so frustrierend, wenn man sich eingestehen muss, dass man nichts mehr auf die Reihe kriegt. Und weil ich keine Superfrau bin ...

BRICOLE

Hallo, Lulubluette,

ich bin mit einem Soldaten verheiratet, der die ganze

94

Woche in der Kaserne ist, zweihundert Kilometer weit weg von uns. Deshalb denke ich, dass ich in einer ganz ähnlichen Situation bin wie du. Unser Sohn ist achtzehn Monate alt, ich muss mich unter der Woche immer ganz allein um ihn kümmern, zusätzlich zu meinem Vollzeitjob, in dem ich ganz schön viel Verantwortung trage. Sämtliche Entscheidungen, die unseren Sohn betreffen, muss ich allein treffen, und zusehen, wie ich von Montag bis Samstag zurechtkomme. Das empfinde ich als ziemlich große Belastung. Niemand da, der einem auch mal etwas abnehmen würde, auf den man sich verlassen könnte. Und in meinem Fall bedeutet das, dass ich im Geiste ständig mit irgendwelchen organisatorischen Fragen beschäftigt bin und an meine To-do-Listen denke … privat wie beruflich. Aber mit der Zeit habe ich mich an diese Situation gewöhnt, würde ich sagen, und glaube, dass es letztendlich eine Sache der Einstellung ist, der Psyche, und daran muss man arbeiten, an der Psyche. Ich arbeite mit Visualisieren und Projizieren, das hilft mir enorm. Falls du Ratschläge brauchst, melde dich. Halt die Ohren steif!

BONOBO

Ich fasse es nicht! Ihr Frauen habt nichts Besseres zu tun, als euch zu beklagen! (So, jetzt habe ich eure Aufmerksamkeit, meine Damen, richtig? ☺)

Sag mal, Lulubluette, was arbeitet dein Typ denn genau? Ich könnte mir denken, dass er einen tierisch anstrengenden Job hat, und wenn er dann nach Hause kommt, will er nur noch seine Ruhe haben! Ich verstehe natürlich, dass es dir lieber wäre, du könntest einen Teil deiner Arbeiten im Haushalt an ihn abtreten, es stimmt, dass so was ein Paar zusammenschweißt. Meiner Meinung nach solltest du ernsthaft mit ihm darüber reden, aber komm ihm besser nicht mit: »Schatz, wir müssen reden«, da rastet jeder Mann aus ☺

Versuch, ihn aufzurütteln, du kannst ihn ja fragen, ob er in Zukunft die Betten macht, das Geschirr spült, den Tisch deckt …

Und sag dir, dass du Glück im Unglück hast, denn statt sich auf die Couch zu werfen, könnte dein Typ ja auch seine Siebensachen packen oder in der Freizeit seine Kumpel in der Kneipe treffen und jeden zweiten Abend sturzbetrunken nach Hause kommen … Er ist immerhin körperlich bei dir, auch wenn er dir nicht viel hilft … Und noch etwas: Kauf dir ein neues Sofa, eines, das wesentlich unbequemer ist ☺

LULUBLUETTE

@ Bonobo: Ich bin nicht grundsätzlich Hausfrau und Mutter, ich mache nur gerade eine Elternpause. Mein Mann und ich verdienen beide in etwa gleich viel, und mein Job ist genauso anstrengend wie seiner! Aber so, wie es jetzt gerade zu Hause läuft, werde ich zusehen, dass ich so schnell wie möglich wieder arbeiten gehe, das steht fest … obwohl ich meine Kinder liebe!

NOUGATINE

Mein Typ war genau wie deiner, ein großes Kind, und ich habe ihn verlassen. Jetzt ziehe ich meine beiden Kinder allein groß und fühle mich sehr viel wohler. Aber ich kann dir sagen, dass alleinerziehende Eltern keine speziellen Hilfen bekommen. Seit der Trennung hat sich der Vater nicht mehr gemeldet, und meine Bekannten meinen, dass er die Kinder bestimmt erst wieder sehen will, wenn er eine neue Freundin hat. Na ja, ohne andere Ehehälfte hat man es echt schwer! Aber ich stelle jetzt fest: Ob mit oder ohne Partner, die Probleme bleiben die gleichen. Die Frauen haben sich das Wahlrecht erkämpft und das Recht, außer Haus zu arbeiten, aber das Recht, sich um die Kinder zu kümmern, ums Essen, um die Wäsche und den Haushalt, ist ihnen geblieben! Und das alles gratis! Und wenn sie zusammenbrechen, heißt es, sie seien nicht belastbar, so sieht es aus! Meine Damen, falls ihr Söhne habt, seid so gut und erzieht sie so, dass sie nicht wie ihre Väter werden …

30 *Das kam daher, dass Blanquette eben vor gar nichts Furcht hatte.*

Mit einem Sprung setzte sie über breite Gießbäche hinweg, die sie dabei mit Tropfen und Schaum bedeckten.

Triefend streckte sie sich dann auf irgendeiner Felsenplatte aus und ließ sich von den Strahlen der Sonne trocknen … Einmal, als sie, eine Blüte des Goldregens zwischen den Zähnen, sich dem Rande einer Felsplatte näherte, bemerkte sie unten, ganz unten in der Ebene das Haus des Herrn Seguin und dahinter das Gehege. Das machte sie lachen bis zu Tränen.

»Wie klein das ist!«, sagte sie. »Wie habe ich nur darin Platz finden können?«

*Die Ärmste! Da sie so hoch oben stand, hielt sie sich für
mindestens ebenso groß wie die ganze Welt …*

Das Kind ringt die Hände. Sie liest ihm diese Geschichte
nicht zum ersten Mal vor. Es weiß, dass die Ziege umso tiefer
fallen wird.

31 Acrylique 35, so wird sie sich nennen.

Willkommen, Acrylique 35. Sie können jetzt im Forum
schreiben. Die geposteten Nachrichten werden sofort on-
line erscheinen. Wir haben beschlossen, sie im Nachhin-
ein zu moderieren, um sie lebendiger zu gestalten. Danke,
dass Sie den Verhaltenskodex respektieren.

EINE NEUE DISKUSSION ERÖFFNEN
Sie schreibt in die Betreffzeile: DIE FLUCHTEN MEINER
FREUNDIN

Ich habe eine Freundin, die umgezogen ist und jetzt mehrere hundert Kilometer weit weg wohnt. Wir telefonieren
regelmäßig, und inzwischen mache ich mir Sorgen um
sie. Sie lebt allein mit ihrem kleinen Sohn und kommt
nicht so recht klar mit ihrer Situation. Ich spüre, dass sie
am Ende ihrer Kräfte ist. Sie hat mir anvertraut, dass sie
sich an manchen Abenden aus dem Haus flüchtet. Ihr
Kind ist dann ganz allein. Ich habe sie gewarnt und ihr gesagt, dass sie ihren Sohn damit in Gefahr bringt …

Sie fügt noch hinzu:

Ich habe den Eindruck, dass ihr diese kleinen Fluchten zu-
nehmend mehr Spaß machen und sie immer länger weg-
bleibt. Sie zerrt an ihrem Strick, und ich …

Acrylique 35, wollen Sie Ihren Post wirklich löschen?

Nachricht gelöscht.

AM STRICKE ZIEHEN

32 Jemand vom Rathaus hatte sie angerufen, in einer Krippe würde ein Platz frei werden. Diese Krippe liege allerdings am anderen Ende der Stadt, ob sie ein Auto habe? Sie müsse sich innerhalb einer Stunde entscheiden, sie hätten noch weitere Interessenten auf der Liste.

Das Kind war inzwischen über zwei Jahre alt, und so kam es, dass sie fortan mehrere Monate lang jeden Morgen und jeden Abend durch die Stadt fuhren. Sie mussten eine Viertelstunde zu Fuß gehen, über den Cours Vitton, der Lyon mit Villeurbanne verbindet, und dann mit der ersten Metro bis zur Station Hôtel de Ville fahren. Dort war sie heilfroh über die Aufzüge und Rolltreppen, wieder ging es unter die Erde, um eine zweite Metro zu nehmen, die eher einer Seilbahn glich und bis nach Hénon hochfuhr, eine Station nach dem Quartier Croix-Rousse. Es ging steil nach oben, manchmal blieb der Waggon auf halber Strecke stehen, und sie hatte dann immer das Gefühl, er würde sich gleich ausklinken und alles nach unten werfen, auf die Presqu'île.

Danach folgte erneut ein Fußmarsch von ungefähr zwanzig Minuten, bevor sie ein letztes Gebäude umrundeten, zu einer ersten Schranke und schließlich in einen Park kamen. Links dann eine Lagerhalle mit einem großen Portalvorbau. Sie pochten an die Tür und sangen das alte Kinderlied: »Wolf, bist du da? Ich ziehe meine Strümpfe an, ich ziehe meine Stiefel an …« Der Kleine zuckte immer zusammen, wenn sie knurrend die Stimme des Wolfs nachahmte. »War es der

Speck oder das Schwein? Es war der Wolf, mein Kind, der große, freundliche Wolf.« Schließlich kamen sie am Gittertor der Krippe an, dann an der Glastür, hinter der die Kinder vergnügt mit Garagen oder mit Puppen spielten.

Auf ihrem Nachhauseweg, wenn die Metro hügelabwärts nach Croix-Rousse stark abbremsen musste, versuchte sie, die Tags an den Mauern zu entziffern. Überall glaubte sie den Namen von Chaze zu erkennen. Jetzt, wo sie sich dafür interessierte, merkte sie, dass sie noch nie so viele Graffiti gesehen hatte, die Stadt schien damit übersät zu sein.

33 Kein Kunde rief zurück, und wenn sie bettelte: »Sie haben nicht zufällig einen Auftrag für einen Umschlag, ein Layout oder sonst etwas zu vergeben?«, sagten sie entschuldigend, nein, es sei Jahresanfang oder kurz vor den Feiertagen, es sei Sommer, Frühling oder Winter, sie hätten keine Aufträge. Diesmal hatte sie im ganzen Jahr nur so viel verdient wie früher in drei Monaten. Mittlerweile war sie mit mehreren Monatsmieten im Rückstand, sparte am Nötigsten, an Milch, Nudeln und Gemüse für das Kind.

Sie hatte neue Telefonnummern in ihren Kontakten: die der Bank, der Hausverwaltung und des Gerichtsvollziehers. Wenn eine dieser drei Nummern auf ihrem Smartphone aufleuchtete, hörte sie ihnen wie versteinert beim Läuten zu und wartete, bis ihr Display wieder schwarz wurde.

Sie nahm sich ihren Lebenslauf vor und aktualisierte ihn mit Mühe. Ganz oben führte sie ihre anfangs so glanzvollen beruflichen Erfolge auf, die zeitlich immer lückenhafter wurden und schließlich fast ganz auströpfelten. Wie bei den Filmografien auf Wikipedia – da gab es auch Schauspieler, die ihre Karriere mit äußerst vielversprechenden Rollen gestartet hatten, deren Glanz jedoch rasch verblasste, sodass sie sich am Ende mit Nebenrollen in zweitklassigen TV-Serien oder mit Auftritten in Fernsehshows zufriedengeben mussten, um halbwegs über die Runden zu kommen.

Sie beschloss, sich nicht so leicht abschreiben zu lassen, sie würde kämpfen, und sie dachte an die Ziege des Herrn Seguin aus der Geschichte, die sie abends dem Kleinen vorlas. Hatte die Ziege nicht eine ganze Nacht gegen den Wolf gekämpft? Sie bombardierte die E-Mail-Accounts ihrer alten Kunden und von Personalagenturen mit Anfragen und schrieb auch andere Firmen an, die ihr eventuell Arbeit geben könnten. Am nächsten Morgen hakte sie nach und fragte, ob sie sich möglicherweise bei ihnen vorstellen könnte, ob sie nicht einen Auftrag für sie hätten, gerne auch kleinere Geschichten. Sie wolle in ihrem Beruf unbedingt wieder Fuß fassen.

Jetzt, so kurz vor den Wahlen, wisse man nicht, was morgen sein würde, was auf die Wirtschaft zukomme. Die Unternehmen blieben vorsichtig, überall dieselbe abwartende Haltung. Sie rief frühere Kommilitonen von der Kunsthochschule an und fragte, ob sie vielleicht etwas für sie tun könnten, Kontakte vermitteln, ein gutes Wort für sie einlegen, nein, mit Webdesign kenne sie sich nicht aus, auch nicht mit digitaler Kunst, sie habe sich in der Verlagsbranche spezialisiert, aber sie hätten doch zusammen Examen gemacht, hätten sie das vergessen?

In der Regel bekam sie dann zu hören, die anderen hielten sich selbst nur mühsam über Wasser, es seien schwere Zeiten, und nicht wenige von ihnen hatten sich neu orientiert, arbeiteten jetzt im Schuldienst, in der Ausbildung oder in mehr manuellen Berufen. Frühere Hobbys hätten sich konkretisiert, man habe schon immer von einer geerdeteren Tätigkeit geträumt, Töpfern zum Beispiel …

In der Zwischenzeit feilte sie an ihrer Homepage herum, ihrer besten Visitenkarte, und freute sich über das kleinste Projekt, den kleinsten Erfolg.

34 Sie geht durch ihre Wohnung, es muss zwei oder drei Uhr morgens sein. »Milli, Milli.« Sie bringt es nicht über sich, hart zu bleiben und ihrem Sohn mitten in der Nacht sein Fläschchen zu verweigern. Der Flur ist dunkel, nur schwach beleuchtet vom Nachtlicht des kleinen Zimmers.

Hilfe, was ist das? Dieser dunkle Schatten neben der Tür? Ein großer Wachhund, ein Monster? Nein, es ist der Plüschpanther. Den Kühlschrank öffnen. Keine Milch mehr. Unten im Schrank nachsehen. Einen Sechser-Karton herausnehmen. Die äußere Verpackung aufschneiden, einen Milchkarton herausnehmen, eine Ecke abschneiden, die Flüssigkeit in das Fläschchen gießen. Dann in einen Topf umfüllen. Die Herdplatte einschalten. Milli, Milli! Kommt sofort! Den Finger in die Milch tauchen, zweimal, dreimal, bis diese die richtige Temperatur hat. In das Fläschchen zurückschütten. Ein Teil geht daneben. Fluchen, Mist. Den Schwamm von der Spüle holen. Die Milch von der Arbeitsplatte wischen. Den Schnuller des Fläschchens suchen. Ihn in der Spülmaschine finden. Ihn auf das Fläschchen schrauben. Schütteln. Ins Kinderzimmer gehen. Das Kind ist wieder eingeschlafen. Sie geht mit dem Fläschchen wieder hinaus, und wie in einem Horrorfilm setzt sich das Kind wieder auf und schreit: »Milli, Milli!« Sie läuft wieder zu ihm, stolpert in ihrer Eile über den Panther im Flur. Fällt der Länge nach hin, die Milch in dem Fläschchen läuft aus, ergießt sich Tropfen für Tropfen auf den Fußboden.

35 Und das Kind gedieh prächtig. Wurde immer niedlicher, immer entzückender. Es war ein Wunder, diese Schönheit inmitten all der Härte. Da waren seine helle Haut, die vollen Lippen, das zierliche Näschen, die großen schwarzen Augen, nach außen hin leicht abfallend, die ihn immer etwas traurig aussehen ließen, sodass man ihn trösten, liebkosen, in den Arm nehmen wollte. Seine Haare wurden immer heller und umrahmten sein Köpfchen wie ein Helm, sein kleiner Körper war herrlich weich und roch wunderbar. Nichts an ihm war abstoßend oder eckig und kantig, dieses Kind war bis ins kleinste Detail ein Wunder. Es war lustig, den ganzen Tag über fröhlich, um die Ängste der Nacht zu kompensieren. Es sang aus vollem Halse, ding dang dong, hörst du nicht die Glocken, es blies in seine kleine Flöte und klopfte mit seinem Hämmerchen einen Takt. Und wenn es tanzte, wackelte es mit seinem kleinen Po, mit einem erstaunlichen Gefühl für Rhythmus. Egal welche Musik – es sprang auf, drehte sich im Kreis, hüpfte, fiel hin und war sofort wieder auf den Beinen, um weiterzutanzen. Mit geschlossenen Augen ahmte es die Musik nach, erspürte sie mit dem Körper ebenso wie mit dem Verstand.

Irgendwann rief eine frühere Kommilitonin von der Uni zurück. Sie habe sich gerade selbstständig gemacht und sich auf das Drucken von Katalogen mit Kinderartikeln, also Kinderkleidung und Spielzeug, spezialisiert. Sie sei mit diversen Zulieferfirmen am Verhandeln, unterbiete die Marktpreise und habe dank Mundpropaganda bereits erste Bestellungen. Ob sie nicht Lust habe, das Abenteuer zu wagen? Für sie zu arbeiten? Sie sei gerade in größeren Vertragsverhandlungen, für einen Weihnachtskatalog, ob sie das interessiere? Sie fragte, ob sie gleich nächste Woche für eine Besprechung mit diesem Kunden nach Paris kommen könne. Super, ganz toll! Alles Nähere zu dem Projekt würde sie ihr mailen. Ein Fahrradkurier würde zusätzliche Unterlagen bringen. Ein Zugticket werde für sie reserviert. Die Zeit dränge.

Danke, dass du an mich gedacht hast, danke! Sie hätte wirklich jedes Angebot akzeptiert, und da war ein Weihnachtskatalog fast wie ein Geschenk des Himmels.

Am Abend kaufte sie Toastbrot, Schinken und Käse. Sie wollte Croque-Monsieur machen. Der köstliche Duft von Toast und Butter wehte durch die Wohnung. Der Kleine verschlang sein Sandwich und klatschte in die Hände. Lecka, Mama, das ist lecka.

36 »Genial! Super! Genial!« Selten hatte sie einen so eifrigen Kellner gesehen, er lief von Tisch zu Tisch, als ginge es um sein Leben. »Ein kleines Glas Wasser zum Kaffee, kommt sofort, sonst alles gut? Super!« Sie fühlte sich an den Kellner in dem Café erinnert, den Sartre in *Das Sein und das Nichts* so trefflich beschrieben hatte: die lebhaften und eifrigen Bewegungen, etwas zu präzise, die verdächtige Beflissenheit. Auch dieser hier war in jeder Hinsicht die Verkörperung von Unaufrichtigkeit, der Theorie, dass er seine Rolle nur spielte. Die Bar war voll, und die Menschen lächelten sich zu. Die Euphorie des Kellners, ob gespielt oder nicht, verbreitete sich schneller als die Angst machenden Schlagzeilen der Zeitungen auf dem Tresen: Trump, Kim Jong-un, drohte ein dritter Weltkrieg? Auf dem Tresen lagen *L'Équipe* und *Le Progrès*.

Bevor sie wieder nach Hause und zu ihrer Arbeit ging, war es ein Ritual geworden, zuvor noch in einem Bistro einen Kaffee zu trinken. Ihre ersten Ausgänge allein seit der Geburt des Kleinen. Meist war sie von Männern umgeben. Genau wie in den TGVs, mit denen sie von Zeit zu Zeit nach Paris fuhr. Männer, wohin man schaute, zu den Hauptverkehrszeiten, in der ersten Klasse im Zug und auch in der zweiten. Männer in Hemdsärmeln, Männer mit Krawatte, Männer in Jeans, mit oder ohne Brille, überall Männer. Die ihre Laptops aufklappten und Excel-Tabellen ausfüllten oder sich eine amerikanische Serie anschauten. Manchmal meldeten sich ihre Smartphones, am liebsten hätte sie sich eines geschnappt, es mitgenommen und wäre in ein anderes Leben geschlüpft, in das Leben eines dieser Männer, in das Leben eines Mannes. Sie hätte ihre Nachrichten gelesen, an ihrer Stelle den Sekretärinnen geantwortet, ihren Assistentinnen, ihren Ehefrauen, heute Abend wird es spät, Schatz, vor zweiundzwanzig Uhr brauchst du nicht auf mich zu warten, bring die Kinder schon mal zu Bett, mein Herz. Und stell mir bitte das Abendessen auf die Seite. Wo waren die Frauen? Noch zu Hause? Diejenigen, die arbeiteten, nahmen offenbar nicht oft den TGV. Gingen morgens nicht in Bistros. Dort waren eher Immobilienmakler anzutreffen, die den Tresen als Besprechungszimmer nutzten, Privatiers, die voller Sorge das Geschehen an der Börse verfolgten, Investoren, die ihr Handy nicht vom Ohr nahmen. »Ich habe den Mieter von Nummer 53 ausgetauscht, ja, ja, diesmal habe ich einen seriösen Kandidaten, jemand, der arbeitet. Und wenn meine Mieter für sich arbeiten, arbeiten sie automatisch auch für mich!«

Was war mit dem Kleinen? Sie hatte ihn an diesem Morgen in der Krippe abgegeben. Hatte seine Hände, die sich um ihren Hals klammerten, behutsam gelöst und ihr heulendes Kind der Erzieherin in die Arme gedrückt. »Gehen Sie, gehen Sie jetzt!«, hatte diese ihr befohlen. »Sie dürfen nicht bleiben, das wäre nicht gut für ihn …«

Zum Abschied hatte sie ihm durch die Glastür noch ein Luftküsschen geschickt und mit dem Kopf gewackelt, weil sie das lustig fand, in dem hilflosen Versuch, ihm ein Lächeln zu entlocken, doch vergebens. Dann hatte sie sich umgedreht, buchstäblich die Flucht ergriffen, ohne sich trotz des durchdringenden Gebrülls noch einmal umzudrehen. Gegen Tränen ankämpfend war sie im Flur anderen Müttern begegnet und hatte ihre Gefühle bis zur Eingangstür unterdrückt. Erst auf der Straße konnte sie sich endlich gehen- und ihren Tränen freien Lauf lassen, mein Kleiner, mein kleiner Liebling. Sie lief durch die Straße, sie flüchtete, weg von der Krippe, weg vom Kind, und sprang in die erste Metro. Im Abteil hob sie den Kopf endlich wieder, lächelte die Leute an, wurde wieder zu jemandem. Wenn eine Zeitung herumlag, nahm sie diese, schlug sie an einer beliebigen Stelle auf und vertiefte sich in die aktuellen Themen. In Douai, einer Stadt im Norden, hatte ein Mann seine Lebensgefährtin erwürgt und sich anschließend erhängt, und die Schlagzeile lautete: *Doppelter Selbstmord*. In der Nähe von Nantes hatte ein anderer Mann die Mutter seiner vier Kinder gefesselt und auf die Schienen gelegt. Ein Möchtegern-Komiker kommentierte: »Er wollte wahrscheinlich den Ausdruck widerlegen: ›Nur der TGV ist bisher nicht über sie drüber.‹« Ein anderer Mann hatte gestanden, er habe seine Frau wegen ihrer »erdrückenden Persönlichkeit« getötet, er habe sich erniedrigt und gedemütigt gefühlt, erklärte sein Verteidiger, und deshalb habe sein Klient seine Frau schließlich erwürgt und dann verbrannt.

Sie schob das Käseblatt auf dem Sitz der Metro so weit weg von sich wie nur möglich. Nach einigen Minuten kam sie wieder ins Grübeln. Hatte sie in der Krippe gesagt, dass das Kind erneut eine verstopfte Nase hatte? Hatte sie das Nasenspray in den kleinen Rucksack gepackt oder es vergessen? Und sein Mützchen, hatte sie ihm sein Mützchen eingepackt? Oder würde es wegen ihrer Nachlässigkeit nun eine Angina bekommen? Sie überlegte kurz, in der Krippe anzurufen, doch dann erinnerte sie sich an den Tonfall der Erzieherin, als diese zu ihr gesagt hatte: »Gehen Sie, gehen Sie jetzt!« Aber bestimmt waren sie dort gut ausgestattet, sie hatten sicher Medikamente und überzählige Mützchen. Sie machte Halt in einem Bistro, wo sie die Mails auf ihrem Handy checkte. Sie sind nicht allein, teilte ihr eine Internetbank mit. Endspurt beim Schlussverkauf, schrieb ihr eine Kinderbekleidungsfirma. Kostenfreie Lieferung bot eine andere an.

Schließlich war sie wieder zu Hause, setzte sich vor ihren PC. Der Tag konnte beginnen.

Sie öffnete InDesign. Richtete den Text auf dem Bildschirm neu aus. »Weihnachten – bald ist es so weit!« Sie begann, die lange Liste der Fotos mit den Preisen der Spielsachen einzutragen. Die blauen Seiten für Jungs. Parkhäuser, ferngesteuerte Fahrzeuge, Werkbänke, Revolver und Superman-Kostüme. Dann die rosa Seiten für die Mädchen. Spielzeugküchen, Bügelbretter, Barbies und Prinzessinnenkleidchen. Rosa. Blau. Rosa. Sie machte da mit. Sie unterstützte das alles.

Aber dann war es auch schon sechzehn Uhr. Sie musste die gerade erst begonnene Arbeit liegenlassen und zusehen, dass sie möglichst schnell zur Krippe kam. Doch sie schaffte es nicht, sich loszueisen. Also ließ sie die Minuten verstreichen, ihr Magen verkrampfte sich, es war wirklich höchste Zeit, doch an manchen Tagen schaffte sie es kaum. Sie arbeitete mit angehaltener Luft, sie arbeitete, koste es, was es wolle. Schließlich rief sie in der Krippe an, sie sei etwas spät dran, aber bereits auf dem Weg. Eine verdrossene Stimme am anderen Ende sagte ihr, ihr Sohn warte bereits im Eingangsbereich auf sie.

Meistens kam sie gerade noch rechtzeitig an, bevor die Krippe um achtzehn Uhr zumachte, oder Viertel nach sechs Uhr, die paar Kinder, die noch nicht abgeholt worden waren, warteten im Eingangsbereich, der in ein Spielzimmer umgewandelt worden war, es waren oft zwei oder drei, ihr Sohn war der Letzte.

Sie erging sich in Entschuldigungen, eine Panne bei der Metro, ein Termin, der sich verzögert hatte, sie reichte dem Kind ein Brötchen, Kompott, einen Lutscher oder sonst etwas Süßes, um es zu besänftigen. Als Entschuldigung. In den ersten Minuten schmollte es. Zuerst weigerte es sich, die Krippe zu verlassen, wo man es so bereitwillig am frühen Morgen abgegeben hatte, sie musste ihm durch den ganzen Eingangsbereich nachlaufen und es fangen, es versteckte sich hinter Ecken, lief dann weiter, rannte über die Bänke. Eine Erzieherin sagte: »Deine Mama wartet, du musst jetzt nach Hause gehen, bis morgen.« Das Kind stellte sich taub, die Erzieherin sagte etwas strenger: »Hör mal, du musst jetzt gehen, wir machen zu, ich will auch nach Hause gehen!«

Sie spürte, dass sie störten, jetzt reichte es wirklich, es war an der Zeit zu verschwinden. Man tolerierte sie in der Krippe, aber die Grenzen durften sie nicht überschreiten. Zu den Elternabenden kamen meist Paare, sie fragte, ob sie ihren Sohn mitbringen dürfe, das gehe nicht, sagte man ihr, die Elternabende seien nur für Erwachsene bestimmt, ja, aber wenn sie doch niemanden habe, der so lange auf ihr Kind aufpasse? Pech gehabt! Das nächste Mal solle sie sich besser organisieren.

Sich organisieren, das war der springende Punkt, genau das, was sie nicht konnte. Es kam ihr so vor, als hätten alle anderen ihre Zeitpläne bestens im Griff, ihre Zeitfenster, und dass die Tagesabläufe der anderen Familien wie durch Zauberei perfekt aufeinander abgestimmt waren, dass diese anderen etwas begriffen hatten, was ihr bisher komplett entgangen war.

Es kam auch vor, dass die Krippe sie anrief, sie müsse das Kind sofort abholen, ob sie denn nicht gemerkt habe, dass es völlig verschwitzt war, Fieber hatte, wie habe sie es wagen können, es in diesem Zustand am Morgen herzubringen? Dann musste sie, kaum wieder zu Hause, erneut in die Metro springen und dieselbe Strecke zurückfahren. Sie fragte sich, einmal mehr, warum sie immer *sie* anriefen, sie hatte doch auch die Nummer des Vaters hinterlassen, sie hätten es ja wenigstens mal versuchen können, ihn zu erreichen. Sie schämte sich für solche Gedanken, das Kind war krank, sie durfte keine Minute verlieren. Sie schickte eine kurze Nachricht an den Vater, nur um ihn zu informieren, damit er ihr eines Tages nicht vorwerfen konnte, sie hätte ihn nicht auf dem Laufenden gehalten, was in ihrem Leben passierte, auch wenn er nicht mehr zu ihnen gehörte.

Einmal hatte das Kind ein anderes Kind geschlagen, und am Abend wurde sie einbestellt. Ihr Sohn sei den ganzen Tag unausstehlich gewesen, sie wiederholten es auch noch: »unaus-steh-lich«. Und schließlich habe es einem anderen Kind ein Feuerwehrauto an den Kopf geschlagen. Nicht irgendein Feuerwehrauto, sondern eines aus Holz, sehr schwer. Man schwenkte das Tatwerkzeug vor ihren Augen, dagegen müsse man mit aller Strenge vorgehen. Wenn das Kind zu derartigen Handgreiflichkeiten neige, fehle es ihm vermutlich an Vorbildern und an Orientierung. Es lehne Autorität ab, das sei ein schlechtes Zeichen, man müsse eingreifen, diese Tendenz dürfe sich nicht noch verschlimmern, sonst würde es mit achtzehn ein Straftäter oder ein Drogenabhängiger sein, was sie also zu tun gedenke?

Am nächsten Morgen stellte sich heraus, dass der Kleine eine Mittelohrentzündung hatte, die er schon seit Tagen ausgebrütet haben musste und die vermutlich sein Verhalten erklärte. Eine Mittelohrentzündung, hoffentlich waren die Leute in der Krippe jetzt beruhigt.

Am Abend sprach eine frühere Ministerin im Fernsehen über die gewalttätigen Ausschreitungen in den Vorstädten. Als der Reporter sie nach den Ursachen für derartige Ausschreitungen fragte, beklagte sie das Fehlen eines Vaters in vielen Familien; Kinder, die von alleinerziehenden Müttern erzogen wurden, könnten nur missraten, den Zerfall der Sitten in unsere Städte bringen ...

Sie konnte sich also keinen Fehler erlauben, keinen Ausrutscher. Das Kind und sie mussten spuren, durften sich keine Schwächen erlauben, der Gesellschaft keine Angriffsfläche bieten. Auf Schritt und Tritt liefen sie Gefahr, als »Problemfamilie« etikettiert zu werden. Sie waren außerhalb der Norm, sie waren angreifbar, sie waren verdächtig.

37 Im Garten des Großvaters wartet ein Ball. Das Kinderreisebett ist aufgeklappt, die Spielsachen wurden aus dem Schrank geholt. Die Sitzerhöhung ist mit zwei Klebebändern auf einem Küchenstuhl fixiert worden.

Die Sofas und der Wohnzimmertisch wurden mit dicken weißen Tüchern abgedeckt, damit das Kind sie nicht schmutzig machen kann: Schuhabdrücke, verschüttete Milch, angetrockneter Rotz auf den Sessellehnen …

Der Großvater hat sie vom Bahnhof abgeholt, auf der Rückbank des Vans ist der Kindersitz installiert.

Bei der Ankunft ein köstlicher Duft aus der Küche. Sie stellt ihr Gepäck ab und zieht dem Kind das Jäckchen aus. Wascht euch sofort die Hände, ihr kommt aus dem Zug!, ermahnt sie der Großvater. Er hat geschmortes Hähnchen und gedämpftes Gemüse vorbereitet und Bio-Joghurts gekauft, sogar die richtige Babymilch, dank des Fotos des Etiketts, das sie ihm geschickt hatte.

»Was bist du groß geworden! Papou freut sich, dich zu sehen, mein Kleiner! Papou ist stolz, einen Enkel zu haben, der so gut gedeiht.«

In der Garage erwartet das Kind eine Überraschung. Papou hat ihm ein rotes Fahrrad gekauft. Sein erstes Fahrrad, mit kleinen Stützrädern. Das Kind jauchzt vor Freude. Probieren wir es doch gleich aus. Der Großvater läuft dem Fahrrad nach, bravo, bravo!

Das ist ein großer Moment. Mach ein Foto, schnell, oder besser noch ein Video!

Auf dem Trottoir fährt das Kind mit seinem kleinen Rad an die Beine der Passanten.

Aufpassen, aufpassen, was macht er da! Langsam, langsam, ach je, er muss noch lernen, wie man bremst. Aber jetzt fährt er davon, warte auf uns! Er hat Ihnen wehgetan? Pardon, Madame. Bleibt er jetzt endlich stehen, verdammt?

In der Cafeteria interessiert sich der Kleine mehr für die Spielwiese im hinteren Bereich des Lokals als für seinen Teller.

»Er hat gar nichts gegessen!«

»Das macht doch nichts, er spielt lieber.«

Doch das Kind will, dass jemand kommt und mit ihm spielt.

»Ah nein, lass uns wenigstens zu Ende essen.«

Der Kleine lässt nicht locker.

»Lass uns in Ruhe!«

Der Kleine schreit.

Die Leute an den Nebentischen drehen sich zu ihnen um.

Der Großvater steht auf. »Wenn es so ist, gehen wir besser!«

Der Kleine will wieder zur Spielwiese rennen.

Sie fängt ihn ab. »Wir gehen jetzt, sei lieb!«

Die Lichter, die Musik, die Gesellschaft von anderen Kindern, er denkt nicht daran, auf seine Mutter zu hören.

Der Großvater steht bereits an der Tür und wird ungeduldig. »Wo bleibt er denn?«

»Er will noch fünf Minuten spielen.«

»Wir sind ihm völlig egal! Du hast ihm nachgegeben, immer gibst du ihm nach! Wenn man etwas sagt, wird es auch gemacht!«

Die Mutter reißt das Kind von den Spielsachen weg und durchquert das Lokal mit dem heulenden Kind auf den Armen. Es strampelt und schlägt um sich.

»Er hat dich geschlagen? Dein Sohn schlägt dich, aber wo kommen wir da hin? Mit ihm kann man nicht unter die Leute gehen, nicht unter Leute! Ich gehe mit ihm in kein Lokal mehr, damit ist jetzt Schluss, Schlussss!«

Die Rückfahrt im Zug ist bitter. Der Ball liegt noch im Garten von Papou. Das Kind hat kaum Zeit gehabt, damit zu spielen.

Kaum sind sie weg, werden die Schonbezüge von den Sofas genommen, vom Couchtisch, das Kinderreisebett wird wieder zusammengefaltet und verstaut, der Kindersitz liegt wieder oben im Schrank.

Bis nächstes Jahr, Papou!

38 Paris, Gare de Lyon. Rucksack, vollgepackter Buggy, sie warten, bis das Gleis ihres TGVs auf der großen Anzeigetafel erscheint.

Neben ihnen drückt ein Junge, kaum älter als ihr Kind, drei oder vier Jahre alt, sein Schmusetuch an sich. Zwei Frauen sind bei ihm, die Mutter und die Großmutter, wie es scheint. Ein Mann um die dreißig kommt auf die drei zu. Er begrüßt die beiden Frauen etwas schroff. Greift nach dem Rollkoffer, den sie ihm reichen. Umarmt das Kind. Auf, los geht's! Die Bahnhofshalle ist nach allen Seiten hin offen, es herrscht eine winterliche Kälte, es ist kein Ort für Unterhaltungen, noch weniger für Abschiede. Das Kind blickt abwechselnd zu seinem Vater, seiner Mutter, seinem Vater.

Die Mutter geht auf den Vater zu, dessen Miene sich augenblicklich verschließt. Der Mann gibt dem Kind mit einer ungeduldigen Handbewegung zu verstehen, sich zu beeilen. Es ist Zeit, sonst verpassen sie ihn noch, diesen Zug.

Die beiden Eltern haben beide ihre Teilstrecke gemacht und tauschen ihren Sohn auf halbem Weg aus. Sie leben weit auseinander, aber sie haben dieses gemeinsame Kind. Ein

Kind, das sie regelmäßig austauschen, auf einem Bahnsteig oder an einer Autobahnraststätte, je nachdem.

Die Großmutter umarmt den Kleinen, streicht ihm geistesabwesend übers Haar. Die Mutter geht in die Hocke und küsst ihren Sohn ein letztes Mal. Aber jetzt ist es genug! Der Vater flüstert dem Kind etwas ins Ohr. Es greift nach der ausgestreckten Hand des Vaters. Sie gehen davon. Der Kleine dreht sich noch mehrmals um. Trocknet sich mit seinem Schmusetuch die Tränen ab. Die Mutter wirft sich weinend in die Arme der Großmutter. Der Vater hat seinen Sohn um die Schultern gefasst, zieht ihn in ein anderes Leben, auf eine weitere Reise. Bevor sie auf die Rolltreppe gehen, dreht sich der Kleine ein letztes Mal zu seiner Mutter um und schüttelt sein Schmusetuch, als wolle er sie trösten.

39 *Da erscholl aus dem Gebirge ein Geheul:*

»Hu, hu!«

Sie dachte an den Wolf; den ganzen Tag hatte die Ausgelassene nicht an ihn gedacht … Im selben Augenblicke ertönte weit unten im Tale ein Horn. Es war der gute Herr Seguin, der ein letztes Mittel versuchte.

»Hu, hu!«, heulte der Wolf.

»Komm zurück! Komm zurück!«, rief das Horn.

Blanquette hatte Lust umzukehren; aber sie erinnerte sich an den Pfahl, an den Strick, an die Hecke um das Gehege, und da dachte sie, dass sie sich nun nicht mehr an dieses Leben gewöhnen könne und dass es besser sei zu bleiben.

Der Klang des Hornes war verstummt …

»Und weiter?«

»Du weißt doch, was danach geschieht, oder?«

»Der Wolf frisst sie, hamm!«

»Ja, aber bevor er sie frisst, was war da? Erinnerst du dich?«

40 »Willst du eine Schoko-Brioche haben?«

»Oh ja, ja!«

Der Kleine macht sich über seine Brioche her, während sie in der Küche zugange ist. Zwei Minuten lang nicht aufgepasst. Das reicht ihm, um sich das Gesicht mit einem Filzstift zu beschmieren oder eine Milchtüte auf den Boden zu werfen. An diesem Tag hat er aber lediglich zwei Plastikfigürchen in seine Brioche geschoben, die jetzt mit der fettigen Schokomasse verschmiert sind.

»Hör auf, gib her. Wie eklig!«

Sie reißt ihm die Figürchen aus der Hand. Das Kind brüllt los.

»Eklig sagt man nicht, eklig darf man nicht sagen!«

»Ich sage, was ich will! Ich bin hier die Erwachsene!«

Sie hält die Figürchen unter den Wasserhahn, dann fällt ihr ein, dass Batterien drin sind. Ja, ganz sicher sind Batterien drin, denn bei diesen blöden Figürchen leuchtet der Bauch, wenn man auf ihren Kopf drückt.

Bis sie die zwei Figürchen mit einem Lappen abgetrocknet hat, hat sich der Kleine den Rest der Schoko-Brioche auf die Augen gedrückt. Das brennt, und folglich brüllt er.

Sie läuft los, um einen Waschlappen zu holen, macht ihn

unter dem Warmwasserhahn nass, läuft schnell zu dem Kind und wischt seine Wimpern und Brauen sauber.

Nun schreit sie auch:

»Warum zum Teufel, warum zum Teufel schmierst du dir Schokolade in die Augen? Findest du das lustig?«

Das Kind sieht sie verdattert an, dann bricht es erneut in Tränen aus.

»Heul ruhig!«

Das Kind will sich an sie drücken, sie stößt es zurück.

»Papa, Papa, ich will meinen Papa!«

»Beruhige dich!«

»Wo ist er, mein Papa?«

41 ALLEINERZIEHENDE MUTTER + AUTORITÄT

CHLOÉ_28

Hilfe! Mein Sohn ist drei Jahre alt, aber ich werde nicht mehr mit ihm fertig. Er ist ungeduldig, stampft mit den Füßen, fordert alles Mögliche, und wenn ich nicht sofort reagiere, fängt er an zu brüllen! Ich bin nur noch damit beschäftigt, seine Wünsche zu erfüllen, mal suche ich eines seiner Kuscheltiere, mal koche ich Nudeln, die ich ihm dann hinstelle, auch wenn sie vielleicht halbgar sind, damit ich sein Geschrei nicht mehr hören muss, mal bringe ich ihm seinen Schnuller – er tyrannisiert mich von früh bis spät … Sobald er anfängt zu brüllen, lasse ich alles stehen und liegen und überlege nur noch, was ich tun muss, damit er aufhört. Ich werde dann so hektisch, dass ich mal ein Päckchen Mehl umstoße oder mir in den Finger schneide. Echt, ich werde noch verrückt! Ich könnte natürlich zu ihm sagen, nein, später, warte noch, aber sobald er anfängt zu schreien, gerate ich in Panik. Es ist, als würde er mich total beherrschen! Als sei ich seine Dienerin! Da kommt es schon mal vor, ich gebe es zu, dass ich ihm (nur leicht!) einen Klaps auf den Hintern gebe. Das ist das Einzige, was hilft (ich habe es auch schon mit Zimmerarrest probiert, mit gut zureden, doch es hilft alles nichts …).

Wenn er sich wieder beruhigt hat, fühle ich mich total mies und bekomme ein schlechtes Gewissen. Ich sollte vielleicht noch erwähnen, dass es ziemlich schwer für mich war, dieses Kind zu bekommen. Mein damaliger Partner wollte kein Kind, und deshalb habe ich mich an eine Samenbank gewandt. Meint ihr, das könnte etwas mit dem Verhalten meines Sohnes zu tun haben? Nach all der Mühe frage ich mich heute manchmal, ob es wirklich eine gute Idee war, dieses Kind dem Schicksal »abgerungen« zu haben.

Wie schaffe ich es, mehr Autorität über das Kind zu haben? Hat jemand einen Rat für mich? Wenn man allein ist, ist es nicht leicht, zärtlich und wohlwollend zu sein und den Kleinen gleichzeitig die berühmten Grenzen zu setzen! Vor allem, wenn sie außer Rand und Band geraten! Heute Abend konnte ich es kaum erwarten, dass er endlich einschläft, damit ich wieder etwas durchatmen konnte!

Du sprichst von einem schlechten Gewissen, und vielleicht ist genau das dein Problem. Wenn du deinem Sohn gegenüber Schuldgefühle hast, weil du ihn unter diesen Umständen auf die Welt kommen ließest, wirst du es vermutlich nicht schaffen, dass er positiv auf dich reagiert. Versuch, nicht mehr alles zu vermischen, denn als Alleinerziehende bekommt man schnell ein schlechtes Gewissen, aber das bringt dich nicht weiter.

Dass ein Dreijähriger jede Autorität ablehnt, ist absolut normal, denn nur so kann er sich in dieser Lebensphase weiterentwickeln. Ich weiß, dass es anstrengend ist, sehr anstrengend sogar, wenn die Kleinen brüllen, nicht sofort tun, was man ihnen sagt. Du brauchst also keine Schuldgefühle zu haben, er ist im Trotzalter, und das geht vorüber. Oh ja, ich verstehe sehr genau, dass es nicht leicht für dich ist, Mama UND Papa zu »spielen« und gleichzeitig streng durchzugreifen, wenn nötig.

Ich kann dir leider keinen Rat geben, sondern dir nur sagen, dass dein Sohn es vielleicht mehr braucht, dass du ihm zuhörst, als dass du ihn bestrafst, aber ich weiß, dass das sehr viel leichter in einem Forum geschrieben ist, als getan.

CHLOÉ_28

Danke für deine Unterstützung! Du hast recht, ich werde an meinen Schuldgefühlen arbeiten, damit sie nicht weiterhin jedes meiner Worte und mein Verhalten vergiften. Und was alles andere betrifft, bleibt die Diskussion die beste Lösung! Dir alles Gute!

MANUDAD

Gern geschehen!

Wir sind ein eingefahrenes Team, meine Tochter und ich!

Wir leben seit sieben Jahren zusammen, fast wie ein altes

Ehepaar, lol.

CHLOÉ_28

Lebst du mit deiner Tochter allein?

MANUDAD

Tja, das kann jedem passieren ;)

CHLOÉ_28

Wo wohnst du?

MANUDAD

In der Nähe von Paris, und du?

CHLOÉ_28

Ich auch, Montreuil. Vielleicht könnten wir uns mal tref-

fen?

MANUDAD

@Chloé: Alles Weitere auf MSN, ich habe dir eine private

Nachricht geschickt …

Sie schließt das Fenster. Und tippt: ALLEINERZIEHENDE
MUTTER + TREFFEN.

Sie klickt nicht auf den Link »Ledige Mutter aus der
Nachbarschaft vögeln«. Sie klickt auch nicht auf »Ledige

Schlampen« oder auf »Alleinstehende Mutter will flachgelegt werden«.

Sie formuliert ihre Anfrage um: ALLEINSTEHENDE MUTTER + DIE LIEBE FINDEN.

42 Regentropfen in ihrem Gesicht.

Regen – endlich.

Sie läuft an den Schaufenstern von geschlossenen Geschäften vorbei.

Ein Montagmorgen in Paris.

Sie hat den ersten TGV genommen. Den um Viertel nach sechs.

Der Großvater, der für ein paar Tage gekommen ist, hat das Kind am Morgen in die Krippe gebracht.

Apropos, den ganzen Tag, jedes Mal, wenn sie jemanden trifft, bei jedem Termin, wird man sie fragen: »Wo ist Ihr Kind? Was haben Sie mit Ihrem Kind gemacht? Sie haben einen Sohn, nicht wahr? Und Sie haben ihn allein gelassen?« Sie fragt sich, ob diese Frage auch einem Vater gestellt wird. Nein, sie fragt es sich nicht, sie nimmt stark an, dass Väter nicht mit derartigen Details belästigt werden.

Ein paar Ältere ziehen ihre Einkaufswägelchen von Trottoir zu Trottoir.

Ein Mann kommt aus einer Bäckerei, eine Tüte mit Gebäck in der Hand.

Der Großvater hat gesagt: »Seit er keine Windeln mehr braucht, ist es leichter mit ihm.«

Sie riecht den Regen und den nassen Asphalt.

Sie steckt sich die In-Ear-Kopfhörer in die Ohren.

Die Stadt öffnet sich von neuem.

Metro, Linie 1, Station Louvre. Am Eingang zum Carrousel du Louvre will ein Wachmann in ihre Tasche schauen, sie versichert ihm, dass sie nicht ins Museum geht, sondern eine Verabredung hat. Einen Termin für ein neues Jobangebot, präzisiert sie. Das interessiert den Mann kein bisschen, er durchwühlt ihre Tasche streng nach Vorschrift.

Auf der Rolltreppe kommt ihr eine Gruppe von Schülern entgegen, um die zwölf, dreizehn Jahre alt.

Sie lachen, sie strahlen.

Vermutlich ein Schulausflug.

Sie dreht sich um und schaut ihnen nach.

Bald wird ihr Sohn einer von ihnen sein.

Ihr Sohn.

Sie hat einen Sohn, einen Sohn!

43 Sie faltet eine Plastikplane auf dem Küchenboden auseinander. Klebt mehrere Din-A4-große Blätter aneinander.

Das Kind wird ungeduldig.

»Malen, malen!«

»Immer mit der Ruhe, ich hole die Farben.«

Sie drückt etwas rote Gouache-Farbe auf einen Pappteller, der als Palette herhalten muss.

»Nein, Blau! Ich will Blau, Blau, Blau!«

Sie drückt einen Streifen aus der cyanblauen Tube auf einen zweiten Teller.

Das Kind stürzt sich darauf.

»Warte, warte!«

Sie zieht ihm ein altes T-Shirt als eine Art Schutzanzug an und krempelt die Ärmel seines Pyjamas hoch.

»Zieh auch deine Hausschuhe aus!«

Sie reicht ihm den Korb mit dem Handwerkszeug des perfekten kleinen Malers: diverse Pinsel, Schaumstoffroller, Schwämme, Zahnbürsten …

Das Kind nimmt einen Schaumstoffschwamm, der die Form einer Blume hat, taucht ihn in das Blau, dann ins Rot, ins Blau, ins Rot …

»Siehst du, Schatz, jetzt hast du Violett gemacht!«

Das Kind tupft den Schwamm auf die weißen Blätter, dann auf die Plastikfolie, auf seine Füße …

»Bleib auf dem Papier, pass auf, AUF dem Papier!«

Sie steht auf, um etwas Wasser zu holen, ist nur wenige Sekunden weg, und schon hat sich das Kind eines seiner Spielzeuge vorgenommen, das zufällig in der Küche lag, einen Plastikdrachen in diversen Grüntönen.

»Nein!«

Zu spät. Das Kind hat die Figur schon bemalt, zuerst die symmetrisch ausgestreckten Flügel, dann die Pfoten, die Krallen …

»Warum tust du das? Warum streichst du deinen Drachen rosa?«

»Weil er nicht schön war.«

»Oh, das ist clever, man könnte fast an Jeff Koons denken …«

Das Kind schnappt sich ein Playmobilmännchen, das sich absurderweise in seine Nähe gewagt hat.

124

Gut, noch ein Playmobilmännchen in Fuchsiarot, aber nur eins!

Das Kind gibt sich Mühe. Sie hat es noch nie so konzentriert gesehen.

Sie drückt den restlichen Inhalt der roten und blauen Tuben auf die Pappteller. Sie setzt sich zu ihm. Nimmt ebenfalls einen Pinsel. Bringt Rot auf das weiße Blatt. Zieht die Farbe auseinander, bis sie fast durchsichtig ist. Atmet ein. Nimmt noch etwas Rot, Blau. Atmet ein. Die Hände ins Mauve, ins Fuchsiarot, ins Violett …

Die Spielsachen häufen sich auf der Plastikfolie an, ganz so, wie sie dem Kind in die Hände fallen, ein Zebra aus Plastik, ein kleines Auto … und die Welt wird rosa.

»Nicht Spiderman, ich hatte gesagt: Spiderman NICHT!«

44 Sie hatte sich per Handy auf einer Kontaktbörse angemeldet. Mit zwei Fotos von vor der Entbindung. Und zusätzlich noch einem aktuellen Selfie. Darauf sah ihr Gesicht irgendwie anders aus. Es war dasselbe Gesicht wie auf den älteren Fotos, aber neben ihren Mundwinkeln hatten sich zwei Rillen gebildet, sie hatte Lachfältchen an den Augen, nein, Krähenfüße! Schon richtig ausgeprägte, zwei oder drei auf jeder Seite. Ihre Wangen wirkten eingefallen, unter ihren Augen lagen graublaue Schatten.

Sie hatte auf die andere Seite gewechselt. Da halfen keine Cremes mehr, sie konnte auf ihre Figur und auf ihre Garderobe achten, so lange sie wollte – eine junge Frau war sie nicht mehr. Was dann? Eine alte Frau? Sie war weder jung noch alt, sie war einfach nur eine Frau, ein Oberbegriff, der völlig inhaltsleer wurde, sobald man ihn aussprach: eine Frau. Ihre ehemals runden Wangen wirkten eingesunken, als hätte die Haut an manchen Stellen nachgegeben, weil sie schwerer geworden war. Ja, es war, als hätte seit einiger Zeit etwas mit voller Wucht zugeschlagen, dem sie wie durch ein Wunder bis dahin entgangen war: das Gesetz der Schwerkraft. Der untere Teil ihres Gesichts war irgendwie schlaff, und auf dem mit ihrem Handy gemachten Selfie sah sie eine Bulldogge, ja, ihr Kopf erinnerte an eine Bulldogge – und das ihr, die schon immer Angst vor Hunden gehabt hatte!

Für ihr erstes Rendezvous hatte sie ihre Internetbekanntschaft auf den Spielplatz bestellt, vor die Karussells.

Manche Männer waren bereit, dorthin zu kommen, andere weigerten sich schlichtweg, damit war schon mal eine Vorauswahl getroffen. Den ersten schien es jedenfalls nicht zu stören, er antwortete auf ihre SMS sofort mit: Einverstanden. Sie ging wie jeden Samstag hin, das Kind spielte. Sie ging wie jeden Samstag hin, nur dass sie diesmal auf jemanden wartete. Als er ankam, hatte er einen Hut auf. Sie erkannte ihn nicht auf Anhieb. Sie wechselten ein paar Worte, dann rief das Kind nach ihr. Es hatte sich in eine missliche Lage gebracht, hing an der kleinen Kletterwand und kam nicht darüber. Sie unterbrach den Mann mitten in einem Satz und entschuldigte sich, das Kind dort hinten sei ihres, und es brauche sie. Der Mann kam mit und half ihr, das Kind wieder aufzurichten, er hob ihren Sohn an der Kletterwand bis ganz nach oben, und sie lächelten sich an. Gleich darauf begann das Kind zu schreien, um sich zu schlagen, sodass sie und der Mann keine zwei

Worte am Stück mehr wechseln konnten. Der Mann sagte, er habe dafür Verständnis, er habe auch Kinder, doch seine seien jetzt groß, dem Himmel sei Dank. Und jeder ging wieder zu sich nach Hause.

Am Samstag darauf hatte sie ein zweites Rendezvous auf dem Spielplatz. Sie machte sich die Mühe, den Mann vor dem Treffen anzurufen. Seine Stimme am Telefon klang angenehm. Sie wolle ihn vorwarnen, ihr Sohn würde auch da sein, wahrscheinlich könnten sie sich nicht groß unterhalten, aber sich sehen schon, ein paar Worte wechseln. So etwas nennt man Speed-Dating, sagte der Mann mit der sanften Stimme. Eher ein Spielplatz-Dating, dachte sie, als sie wieder auflegte.

Der Mann mit der angenehmen Stimme war sehr nervös, hüpfte ständig um sie herum, drehte sich, wollte ihr wer weiß was vorführen, erzählte, er sei Fotograf, dann Journalist, nein, Sänger, ob sie brasilianische Musik liebe? Als das Kind zu ihr gerannt kam, zog sie es am Ärmel und sagte, sie müssten nach Hause, um diese Zeit müsse das Kind immer etwas essen.

Einem dritten Mann schlug sie vor, direkt zu ihr nach Hause zu kommen, am Abend, wenn der Kleine schlief. Sie ließ ihn vor dem Haus warten, schickte ihm mehrere SMS, der Kleine sei noch immer nicht eingeschlafen, aber es könne maximal noch eine Viertelstunde dauern, dann nur noch Minuten, er solle sich bitte noch etwas gedulden und vor allem nicht klingeln, sonst würde das Kind wieder aufwachen. Sie käme runter, um ihm die Tür zu öffnen, sobald das Kind schlief. Der Mann schaffte es trotzdem ins Haus. Aber er musste massiv darauf drängen, einer der Nachbarn wollte ihm den Zutritt verwehren, stellte ihm Fragen, zu wem er wolle, warum er nicht einfach läute, ein echter Bulle eben.

Sie öffnete dem Mann die Wohnungstür, er war nass von Kopf bis Fuß. Sie legte sich den Zeigefinger an die Lippen, keinen Mucks, sie gab ihm zu verstehen, sich die Schuhe auszuziehen. Dann führte sie ihn ins Wohnzimmer. Der Mann schob ein paar Legosteine auf dem Sofa zur Seite, stellte einige Spielzeugautos weg, und dann saßen sie schließlich nebeneinander.

Sie starrte vor sich hin, sah die Zeichnungen des Kindes, die mit Reißzwecken an die Wand gepinnt waren. Der Mann schwieg. Unter ihrem starren Blick kam plötzlich Leben in die Kinderzeichnungen, in das Gekritzel, die Filzstiftstriche begannen vor ihren Augen zu tanzen, siehst du, wie sich das dicke Männchen bewegt, fragte sie den Mann. Doch der Mann sagte nichts dazu.

Also fing sie an zu reden und zu reden, füllte das kleine Wohnzimmer mit ihren Worten. Und je länger sie redete, desto mehr verschwand die Wand vor ihnen, und der Raum um sie herum öffnete sich.

Als sie dann endlich verstummte, beugte sich der Mann zu ihr, um sie zu küssen. Der Klassiker, sagte sie sich. Doch seine Lippen waren warm, seine Bewegungen sicher, und sie zeigte ihm den Weg zu ihrem Schlafzimmer. Der Mann stellte einen Stuhl vor die Tür, um sie zu versperren, wie eine Barrikade. Falls das Kind aufwache, könne es sie nicht überraschen. Als sie sich ausstreckten, sagte sie, es gäbe derzeit keinen Platz für eine dritte Person in ihrem Leben. Der Mann murmelte: »Ich habe alle Zeit der Welt.«

45 Die Kartons waren gepackt. Kartons mit Spielsachen, mit Kleidung, Küchenutensilien, sie hatte sie alle beschriftet für ihre nächste Wohnung. Sie würden ein Zimmer weniger haben, das ja, und weiter weg vom Stadtzentrum wohnen, aber die Miete war nur halb so hoch. Wegen der Zwangsräumung hatte sie Anrecht auf eine Sozialwohnung. Weiterhin eine Dreizimmerwohnung mit nur einem winzigen Wohnzimmer, aber immerhin zwei Schlafzimmern. Nach und nach könnte sie eventuell die offenen Rechnungen begleichen und die Kosten für den Gerichtsvollzieher, die ihre Schulden verdoppelt hatten. Das Gitterbettchen hatte sie weggegeben, es war inzwischen sowieso zu klein, und auch die Babykleidung, die sie in große Säcke gepackt hatte, die Babyschlafsäcke, die Plastikbadewanne, Rasseln, die Krabbeldecke und die Babyspielsachen.

In wenigen Tagen würde ein Transporter kommen und ihre Sachen einladen. Freunde aus der Stadt, in der sie früher gelebt hatte, boten an, ihr beim Umzug zu helfen, und sie würden sagen: »Bist du dir sicher, dass du hierbleiben willst? Bist du dir sicher, dass du nicht wieder zu uns ziehen willst?« Sie aber würde an diese Szene am Gare de Lyon denken, an das Kind, das von seinen Eltern am Bahnsteig übergeben worden war, in einer anonymen Bahnhofshalle. Sie würde sich an das Schluchzen der Mutter erinnern, die verschlossene Miene des Vaters und das traurige Gesichtchen des Kindes, an sein letztes Lächeln, während der Vater es schon wegführte, sie würde sich an diesen Bahnsteig erinnern und sagen: »Nein, kommt nicht infrage. Wir bleiben hier.«

Sie sah aus dem Fenster, auf den langen Boulevard, die Geschäfte, sie würde dieses belebte Viertel vermissen. Dort, wo sie hinzogen, gab es nur eine Wohnsiedlung, ein Mietshaus neben dem anderen und nichts darum herum. Man musste den Bus nehmen, um ins Stadtzentrum zu kommen. Dann wäre es aus mit den kleinen Fluchten aus dem Alltag, mit den der Nacht gestohlenen Ausflügen. Alles in allem blieben ihr nur noch wenige Tage bis zum endgültigen Abstieg. Sie fasste sich wieder, sie würde diesem Viertel hier nachtrauern, ja, aber den Nachbarn nicht. Am Samstag sollte der Umzug stattfinden. Aber vorher musste sie unbedingt noch ein letztes Mal aus dem Haus gehen.

46 *Da saß er auf seinem Hinterteil, gewaltig groß, unbeweglich und blickte nach der kleinen weißen Ziege, die ihm schon im Voraus schmeckte. Der Wolf hatte keine Eile, wusste er doch bestimmt, dass er sie fressen würde; nur lachte er boshaft, als sie sich nach ihm umwendete.*

»Ha! Ha! Die kleine Ziege des Herrn Seguin!« Und dabei fuhr er sich mit seiner dicken roten Zunge über die bläulichen Lefzen.

Blanquette fühlte, dass sie verloren war ... Sie erinnerte sich an die Geschichte der alten Renaude, die sich eine ganze Nacht mit dem Wolf herumgeschlagen hatte, um am Morgen gefressen zu werden, und dachte einen Augenblick, es sei vielleicht besser, sich gleich fressen zu lassen; dann besann sie sich eines

Besseren, senkte den Kopf, die Hörner nach vorn gerichtet und nahm Stellung, wie es einer tapferen Ziege des Herrn Seguin ziemte, die sie war … Nicht als ob sie die Hoffnung hegte, den Wolf zu töten – Ziegen töten überhaupt den Wolf nicht, – sondern nur um zu sehen, ob sie so lange wie Renaude Stand halten könne …

Nun nahte das Ungeheuer und die kleinen Hörner fingen an zu tanzen.

Ah! Die tapfere kleine Ziege! Mehr als zehnmal zwang sie den Wolf zurückzuweichen, um Atem zu schöpfen. Während dieser minutenlangen Pausen pflückte das kleine Leckermaul in Eile noch ein paar Halme des saftigen Grases, dann kehrte sie mit voller Schnauze zum Kampfe zurück … Das dauerte die ganze Nacht. Von Zeit zu Zeit sah die Ziege des Herrn Seguin die Sterne am klaren Himmel tanzen und sprach zu sich:

»Ach! Könnte ich es doch bis zur Morgenröte aushalten …«

47 Das Kind ist um fünf Uhr aufgestanden, als ob es etwas gespürt hätte. Sie hatte eine Decke neben seinem Bettchen auf den nackten Boden gelegt und darauf geschlafen. Bis zum Morgengrauen hatte sie seine Hand gehalten. Um halb sieben waren sie bereits im Wohnzimmer und spielten mit Knetmasse.

Sie ließ den Kleinen allein weiterspielen, während sie unter die Dusche ging. Erstaunlicherweise hat er nicht geschrien, kam nicht zu ihr ins Bad gelaufen, hat nicht verlangt, dass sie sofort wieder herauskommt und bei ihm bleibt. »Zu mir, zu mir!« Wie sonst oft hat er nicht seinen Spielzeugparkplatz oder Legosteine ins Bad geschleppt, damit er dort spielen konnte, ohne sie aus den Augen zu verlieren.

Sie zieht sich etwas Leichtes an, duscht das Kind und zieht ihm Shorts und ein T-Shirt an. Es besteht darauf, seine Sandalen allein anzuziehen.

Sie packt seine Brotdose und ein Joghurt in die vordere Tasche seines kleinen Raketenrucksacks. Unterwegs kaufen sie ein Schokobrötchen. Gegen halb neun sind sie bei der Krippe. Sie muss läuten, weil das vergitterte Tor bereits abgeschlossen ist. Eine Hilfskraft weist sie darauf hin, dass sie viel zu spät kommen, ob es denn so kompliziert sei, morgens rechtzeitig aufzustehen. Sie solle sich vielleicht mal einen Wecker anschaffen. Im nächsten Jahr müsse ihr Sohn in die Vorschule gehen, und dort sei man nicht so nachsichtig, man fange pünktlich an, und da würde sie um diese Zeit vor verschlossenen Türen stehen. Um neun Uhr nimmt die Mutter des Kinds die Metro und fährt in die Gegenrichtung, nach Hause.

Sie räumt die Wohnung auf, packt die letzten Spielsachen ein, putzt die letzten Spuren der Knetmasse vom Fußboden, von den Türen, den Schränken. Sie saugt gründlich durch, wischt Küche und Bad nass auf, putzt alles und staubt alles ab, um die Wohnung in einem ordentlichen Zustand übergeben zu können.

Gegen halb fünf bricht sie wieder auf, um das Kind von der Krippe abzuholen. Auf dem Heimweg machen sie noch Halt am Spielplatz.

48 Das Kind schnarcht leise, als sie die Wohnungstür hinter sich zuzieht. Es ist in der ersten Schlafphase, die immer auch die tiefste ist. Es wacht nur selten vor zwei, drei Uhr auf. Und da wäre sie längst wieder zu Hause.

Die ersten Schritte auf der Straße. Immer dasselbe. Ihre Brust wird weiter, die Luft kann wieder zirkulieren.

Ihre Muskeln entspannen sich, einer nach dem anderen. Ihr Nacken erwacht, schmerzt, ihre Schultern. Ihre Beine, die mit jedem Schritt eine andere Stadt hervortreten lassen. Eine nächtliche Stadt.

Sie hat den Alarm auf ihrem Handy eingestellt. Alles im grünen Bereich.

Sie geht an den Kneipen am Ufer der Saône entlang, steuert den Uferdamm an.

An diesem Abend ist hier niemand unterwegs. Niemand ist unter der Brücke. Sie nähert sich einer Mauer, die voller Graffiti ist. Sie bleibt stehen und fährt die ausgefüllten Stellen, die Übergänge und die Linien mit dem Finger nach. Streicht über die Schattierungen der Farben auf dem kalten Mauerwerk, die verlaufenen Stellen. Die Buchstaben gehen ineinander über, sind abstrakt. So viele Zeichen, Schriftzüge, für Nichteingeweihte unlesbar. Gesprayt in aller Eile, aus Angst, erwischt zu werden.

Das hat sie als Kind ebenfalls geliebt, Angst zu haben. Einmal kletterte sie nachts aus ihrem Fenster. Mit Kreide schrieb sie Wörter auf das Trottoir in ihrer Straße oder in der Nachbarstraße, damit man ihr nicht auf die Schliche kam. Sie schrieb: »Achtung, Fantômette war hier.« Fantômette war eine Romanfigur, die tagsüber ein ganz normales Schulmädchen war, nachts aber mit Augenmaske und schwarzem Umhang auf Verbrecherjagd ging. Oder: »Vorsicht! Gauner unterwegs!« Am nächsten Morgen hatte der Regen alles weggewaschen. Oder aber die Blätter, die sie in aller Eile angeklebt hatte, waren zerfleddert und lagen als schmuddelige, weiße Papierfetzen auf dem Boden.

Es ist dreiundzwanzig Uhr. Sie hat noch Zeit, auf ein Bier in eine Kneipe zu gehen. Nur ein einziges. Um ihre letzte Flucht zu feiern.

Sie durchquert die Presqu'île, überquert den Pont Morand, der über die Rhône führt. Spaziert den Cours Franklin Roosevelt entlang, bis zum Boulevard des Brotteaux. Rechter Hand liegt ein Musikcafé, an dem sie seit Monaten jeden Tag vorbeigeht, das Métronome. Die schwarz-rote Fassade hebt sich von den aseptischen, bürgerlichen Kneipen des Quartiers ab.

Sie stößt die Tür auf und setzt sich in die Nähe des Tresens. Die Vorbereitungen für ein Konzert sind am Laufen. Hinten im Raum stimmen zwei Typen ihre Instrumente. Gitarre etwas lauter. Aus dem Verstärker kommt nichts. Ach was?

Ein kleines Dunkles bitte. Ein Barmann reicht ihr ein kleines belgisches Bier, dunkel und bitter. Das Bier fließt langsam durch all ihre Glieder, pumpt das Blut dorthin, wo es gebraucht wird.

Eine Gruppe von Studenten feiert das Ende irgendwelcher Zwischenprüfungen. Einige Pärchen tippen auf ihren Smartphones herum.

Ein Typ steht da mit dem Rücken an den Tresen gelehnt, dunkle Haut, braune Locken, die sich unter seiner Kappe hervorringeln. Es ist Chaze.

Die Klänge der Bassgitarren wummern schwer durch den Raum, eine undeutliche Coverversion von Bowie, ein Bowie für Anfänger.

Chaze ist neben ihr.

»Deine Tags sieht man ja fast überall ...«

Sie lächeln sich an.

»Das an der Brücke ist immer noch da.«

»Willst du was trinken?«

Das Lokal füllt sich. Vor ihr wiegt sich ein tätowiertes Mädchen im Takt zur Musik. Langhaarige Typen schaukeln in ihren Lederjacken hin und her, nach links, nach rechts.

Es riecht nach Alkohol, nach Schweiß.

Sie schließt die Augen.

Und als sie sie wieder öffnet, erblickt sie die Frau. Hinten im Raum – es ist Paloma, die sie nicht minder erstaunt mustert.

Was zum Teufel hat Paloma hier zu suchen?

Die Concierge beugt sich zu ihrer Tischnachbarin. Dann blicken beide in ihre Richtung. Warum starren sie sie so an? Sie muss nach Hause, augenblicklich. Chaze hat nicht die Zeit zu protestieren, als sie ihn anrempelt und sein Bier umwirft. Schnell raus hier. Kann Paloma sie anzeigen? Ihr wird immer heißer, und das liegt nicht am Alkohol. Sie denkt an

Beverly, an Lulubluette, an Chloé_28, die vielleicht gerade in den Armen von Manudad schläft … Die Concierge wird sicher gleich die Polizei verständigen. Schnell! Die Polizei klopft vielleicht bereits an ihre Wohnungstür oder bricht gerade die Tür auf. Das Kind wird aufwachen. Maman! Zu mir, zu mir!

Eine Straße, dann noch eine, am Spielplatz vorbeihetzen. Der große Boulevard, endlos. Vor dem Haus, in dem sie wohnt, stehen Polizeiautos in zwei Reihen geparkt. Mit blinkenden Blaulichtern auf den Wagendächern.

Einige der Nachbarn und Gaffer auf dem Trottoir bilden ein menschliches Absperrband. Sie drängt sich zwischen ihnen hindurch. Ein Polizist versperrt ihr den Zutritt.

»Ich wohne hier!«

»Im Moment darf hier keiner rein, niemand darf ins Haus!«

»Was ist passiert?«

»Ihren Ausweis!«

»Ich heiße Leroy, schauen Sie an den Briefkästen nach!«

Sie zögert kurz. Betrachtet den Polizisten, die Nachbarn, den Polizisten …

»Bei mir oben ist ein Kind!«

»Ihr Kind?«

»Es ist erst drei, ich bitte Sie, lassen Sie mich durch!«

»Wie bitte? Da oben ist ein erst dreijähriges Kind, ganz allein? Wollen Sie das behaupten?«

Sie nickt.

»Und sein Vater, ist der nicht bei ihm?«

»Nein.«

»Welches Stockwerk?«

Der Polizist zieht ein Funkgerät aus der Tasche, sie hört ihn sagen: »… das Kind, die Mutter …«, dann nur noch ein Knistern. Es ist bestimmt schon zu spät, viel zu spät. Das Kind ist tot, erstickt, verbrannt, das Kind lebt nicht mehr. Ihretwegen, wegen ihres Leichtsinns. Was hat sie nur getan? Was hat sie nur getan?

Ein zweiter Polizist kommt auf sie zu.

»Madame Leroy? Würden Sie uns bitte folgen?«

Polizisten gehen vor ihr durch den Eingangsbereich, dann die Treppen hoch. Die Treppen, die sie vor wenigen Stunden erst so fröhlich hinuntergerannt ist.

Im vierten Stock steht eine alte Dame im Bademantel vor ihrer Tür. Einer der Polizisten ruft ihr zu: »Bleiben Sie in Ihrer Wohnung, Madame, kommen Sie im Moment nicht heraus!«

Im sechsten Stock halten zwei Polizisten auf dem Treppenabsatz Wache.

Die Tür rechts. Hier ist es. Sie stellt ihre Handtasche auf den Boden, um nach ihrem Schlüssel zu kramen.

Sie schreit den Namen ihres Kindes, als sie die Tür aufreißt.

Nichts.

Dann taucht das Kind auf, nur in seinem Windelhöschen, und reibt sich die Augen.

»Was ist, Maman?«

49 Sie tippt ein: ANAÏS SEGUIN + AKTUELLE NACH-
RICHTEN. Dann klickt sie einen Artikel aus dem *Progrès* an.

> Trennungsdrama: Polizist tötet seine Frau und seinen
> Sohn, bevor er sich selbst tötet.
> Mehrere Schüsse haben gegen dreiundzwanzig Uhr die
> Nachbarn geweckt. Aus allernächster Nähe hat der Mann
> die Waffe auf seine Frau und dann auf ihren gemeinsamen
> dreijährigen Sohn gerichtet, bevor er sich selbst mit seiner
> Dienstwaffe erschoss.
> Das Drama trug sich im Quartier des Brotteaux zu, im
> 6. Arrondissement von Lyon. Der Paar war verheiratet,
> doch die Frau hatte einen Antrag auf eine Sozialwohnung
> gestellt, da sie sich von ihrem Mann trennen wollte. Nach
> Aussage der Staatsanwaltschaft wurde der Mann »nicht
> damit fertig, dass seine Frau ihn verlassen« wollte.

Auf dem ersten Bild zu dem Artikel war die Fassade ihres bis-
herigen Wohnhauses zu sehen. Sie scrollt weiter, bis das Gesicht ihrer Nachbarin in Großaufnahme zu sehen ist. Laut
Bildunterschrift war Anaïs Seguin vierunddreißig Jahre alt.

Sie klickt auf »Einen Kommentar schreiben« und schreibt:
»Das war kein Trennungsdrama, sondern Mord, ein ver-
dammter Mord!«

Ein Fenster poppt auf und lässt sie wissen, dass sie sich einloggen muss, bevor sie hier einen Kommentar schreiben kann. Dazu hat sie nun wirklich keine Zeit. In ihrem neuen Wohnzimmer warten stapelweise Kartons, die ausgepackt werden müssen.

Sie nimmt sich den ersten Karton vor, der, auf dem mit einem schwarzen Textmarker »Küche« geschrieben steht.

Sie greift nach einer Schere und schlitzt den Karton auf.

INHALT

Inès Bayard

Scham

Roman

224 Seiten. Zsolnay 2020

Maries Leben ist perfekt. Sie ist jung und erfolgreich, ihr Mann ist Anwalt, jetzt wollen die beiden ein Kind. Da passiert das Unfassbare. Marie wird von ihrem Chef auf dem Heimweg brutal vergewaltigt. Und er setzt sie so unter Druck, dass sie niemandem, nicht einmal ihrem Mann, davon erzählt. Die junge französische Autorin Inès Bayard lässt in ihrem eindrucksvollen Debütroman keinen Zweifel: an dem, was geschehen ist, und daran, dass Marie keine Schuld trifft. Und doch müssen wir zusehen, wie Marie der Moment, in dem sie noch Hilfe suchen könnte, entgleitet, wie sie vom Opfer zur Täterin wird ... Scham ist ein emotional fesselnder Roman, ein Leseereignis, dem man sich nicht entziehen kann.

»*Scham* ist ein mutiger, in seiner Schonungslosigkeit unbedingt nötiger Roman. Inès Bayard überzeugt mit einer zupackenden Prosa, einer scharfen Beobachtungsgabe für intime Details und einem feinem Gespür für psychologische Schieflagen.«

Christoph Vormweg, *Deutschlandfunk*

»Ein Debüt, das schwarz auf weiß beweist, dass sexuelle Gewalt literarisch erfasst werden kann, ohne in spröden Manifesten und einem Exzess der Leerstelle zu enden.« Ute Cohen, *der freitag*

»Inès Bayard schildert mit der Präzision einer Chirurgin, wie sich eine Bilderbuchexistenz in Luft auflöst und das Chaos aus Wut, Scham und Hilflosigkeit in ihrer Protagonistin langsam der totalen Leere weicht.«

Sacha Verna, *Annabelle*

Carole Fives
Eine Frau am Telefon
Roman
128 Seiten. Deuticke 2018

Charlène ist eine lebenslustige Frau, sie trinkt und raucht und trägt das Herz auf der Zunge. Sie ist Anfang sechzig, beide Kinder sind aus dem Haus, ein Ersatz für den verstorbenen Gatten ist leider noch nicht gefunden. Um dieses Problem zu besprechen, ruft die Mutter ihre Tochter an, und wir hören ihr dabei zu. Dating, Fernsehserien, der Hund ... Aber es geht auch um ernstere Dinge – die Leere etwa, die sie manchmal umgibt, oder ihre schwere Krankheit. Trotzdem bringen einen die Anrufe fast immer zum Lachen. Charlène ist selbstsüchtig, politisch unkorrekt, unhöflich, vorwurfsvoll und widersprüchlich. Dann wiederum ist sie besorgt, zärtlich, zerbrechlich. Unmöglich, ihr lange böse zu sein ...

»Ich habe selten ein Buch gelesen, bei dem ich so viel gelacht habe, bei dem ich aber auch so emotional berührt war.«
Christine Westermann, *WDR*

»Ein bereicherndes Buch, das auf nur 128 Seiten alle Facetten einer Mutter-Kind-Beziehung widerspiegelt: irritierend, berührend, ärgerlich, ungerecht, witzig, warmherzig, launisch, kraftspendend und vieles mehr.«
Doris Kraus, *Die Presse*

»Carole Fives zeichnet das Porträt einer bemerkenswerten Frau, die nervt, penetrant Aufmerksamkeit fordert und auch vor emotionaler Erpressung nicht zurückschreckt – gleichzeitig aber (fast) nie ihren Humor verliert und so unsentimental und schnoddrig mit großen Problemen umgeht, dass es niemanden kaltlässt.«
Katja Weise, *NDR Kultur*